© Blanca Irene Arbeláez 2014

ISBN 978-0-9847030-6-7
Book Press NY
New York Book Fair Expo
www.bookpressny.com

Ilustración carátula: Selva María

Printed in the U.S.A

Blanca Irene Arbeláez

# CARANGAS
# RESUCITADAS
(Entre lágrimas y risas)

# CARANGAS
# RESUCITADAS
## (Entre lágrimas y risas)

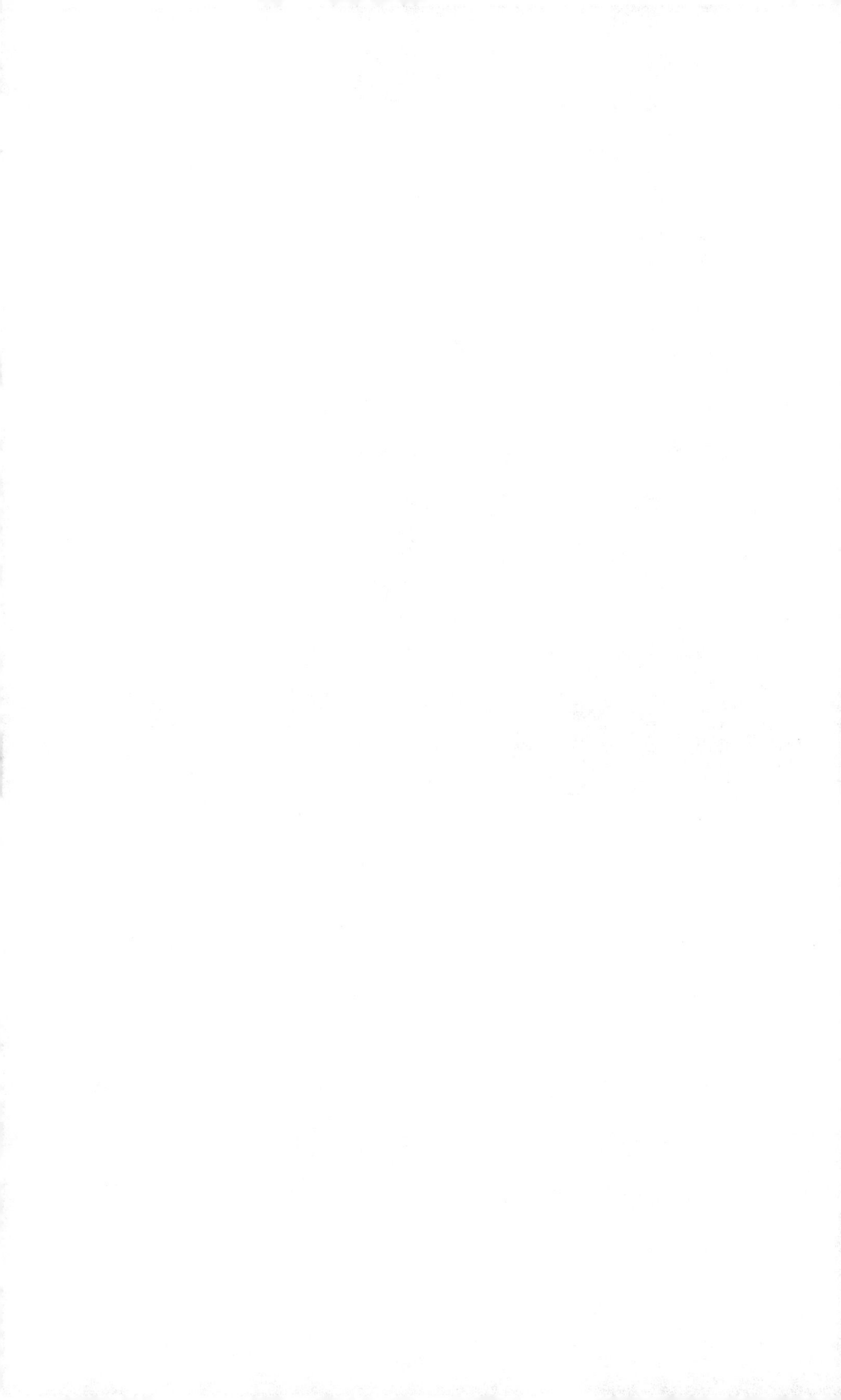

Segunda edición en Nueva York en el mes de
junio de 2014, por Book Press NY.

www.bookpressny.com

Printed in USA

# 1

## Como juegan los peces en el agua

El día era hermoso, muy soleado. Y nada mejor que ir a darse un baño en la quebrada, pensó Clarita, en esa calurosa hora del mediodía cuando los trabajadores descansaban después del almuerzo y tras la dura jornada matinal. Hacían una buena siesta a la sombra de los patios, los corredores y los arrayanes cercanos. Clarita se apresuró. Después de echarle el maíz a las gallinas tenía el tiempo justo para estar en la quebrada antes de volver a sus faenas en la casa. Tomó el jabón de tierra y la toalla para bajar presurosa hasta los frescos remansos formados entre las grandes piedras. En la hondura transparente se veía un fondo de arena suave y pecesillos plateados jugueteando a contraluz. Se quitó la bata y la blusa quedándose con ese camizoncito blanco que protegía su desnudez de imprevistas y curiosas miradas. Sus pies descalzos se adentraron desde la orilla hasta el centro de la lenta corriente. Luego se sumergió hasta la cabeza conteniendo la respiración, extendió los brazos bajo el agua y nadó un poco para volver a salir.

Fue entonces cuando vio a Ángel María acercándose con

una sonrisa maliciosa, hasta el borde del agua. Se asustó pero no quiso decir o hacer nada que pudiera delatarla. A sus diez y ocho años todavía era virgen, pero ya le era difícil disimular el deseo que de pronto la había estado rondando, sobre todo desde que Ángel María había llegado a la finca como nuevo trabajador y desde el primer momento no había dejado de mirarla y seguirla. Él, a sus veintiuno, en cambio, era ya un hombre decidido y no en vano había estado todos aquellos días acechando su oportunidad, como un joven felino a su presa. Clarita, sin embargo, había hecho todo lo posible para resistirse incluso a escucharlo. Pero aquellos papelitos escritos por él y escondidos en los nidales de las gallinas que ella fue encontrando cada día la iban poniendo ya muy inquieta con frases como *"Monita hermosa, capullito del campo. Quiero ser tu jardinero"*, o *"Soy labrador y en tu tierra fértil quiero sembrar un rosal"*. En las últimas noches no había podido conciliar el sueño. No hacía más que ver esas palabras hasta en el techo. Tanto que Margarita, su prima, empezó a notar que algo extraño le estaba sucediendo. Así que ahora, frente a él, ya no tuvo alternativa y se quedó quieta mientras Ángel María, habiendo dejado la ropa, las botas y el sombrero detrás de una piedra se fue acercando todavía con cierta cautela hasta ella. Sin duda que la había estado espiando todo el tiempo el muy pícaro desde algún escondite. Bajó la mirada sin saber qué hacer, tratando de disimular el azoro. Pero de pronto tuvo conciencia de la situación.

—¡Usted qué está haciendo!...—Dijo ella —Mire que nos pueden ver... Si mi mamá lo descubre aquí se va a meter en grandes problemas.

—No me importa, Monita, esto era lo que yo le pedía. Que viniera hasta acá para encontrarnos solitos. No podemos desaprovechar esta oportunidad. Usted me gusta mucho. Me

tiene loco. Quiero tenerla conmigo.

—Cómo se le ocurre —Dijo ella mientras Ángel María, la rodeaba ansiosamente, comenzaba a acariciarla por la cintura. Todo estaba pasando muy rápido para ella, sin darle espacio a pensar. Sus piernas todavía entre el agua, estaban temblando. Y de pronto, sin que pudiera impedirlo, la boca de él devoraba la suya como si fuera una fruta jugosa. El camisón mojado revelaba las deliciosas curvas y la sensualidad indefensa de Clarita—nunca antes gozada por hombre alguno—despertó en aquel momento casi por cuenta propia.

—No puedo perder esta oportunidad tan bonita —decía ansioso Ángel María mientras se apretaba palpitando de deseo contra la piel temblorosa. Clarita comprendió entonces que estaba a merced, que era peor oponer resistencia. Cualquier escándalo sería terrible allí, tan cerca de la casa. No pudo más que dejarse llevar por las grandes manos de Ángel María deslizándose por sus caderas, alzándole el camisón y quitándole el calzoncito blanco que llevaba. Esas manos la debilitaron aún más cuando se introdujeron por entre sus piernas y apretaron sus nalgas. Y para completar Ángel María comenzó a lamerle los senos vírgenes como si estuvieran soboreando dulces melones. Esas manos expertas de recolector de café subían y bajaban por todo su cuerpo con rapidez. Todo se aceleró. Una especie de vértigo la hizo olvidar que estaba allí en medio del agua, en brazos de un hombre. Fue inútil tratar de reaccionar al menos en el último instante porque la fuerza de Ángel María, con suave firmeza, la doblegó finalmente. No supo cómo su cuerpo se abrió totalmente a él, dejándose ir por la corriente en una especie de vaivén. De pronto las libélulas danzaban sobre su cabeza, como en un cortejo mágico, y el rumor dela quebrada bajo los árboles se adentraba hasta su corazón. Ajustó las piernas

temblorosas alrededor de esa cintura poderosa del hombre y sintió en su carne la arremetida, al principio suave y luego enérgica del barretón hundiéndose en su vulva como en un surco profundo. El agua se tiñó ligeramente de rosa pálido, entre ayes, no supo si de dolor o de placer. Cuando se dio cuenta, abriendo los ojos, él yacía sobre ella todavía trémulo, respirando profundo sobre sus senos, junto a su cuello. En aquel abrazo feliz los dos cuerpos se habían orillado un poco junto a la grama tierna y la arenilla que se adosaba a la piel. Se miraron por vez primera sin recelo, se reconocieron, se sintieron por fin unidos y plenos. El sol brillaba en el cenit y el viento cálido susurraba entre las hojas como celebrando lo que acababan de mirar. Entonces se pusieron de pie y volvieron a echarse al agua entre risas. Clarita, como la niña que aún seguía siendo, comenzó a arrojarle piedritas que encontraba en el fondo y él volvió a perseguirla, a atraparla entre sus brazos para recomenzar el dulce juego de los besos y las caricias.

Cuando volvió a la casa, doña Arsenia, su mamá, al verla con el jabón y la toalla en la mano sólo le dijo que se apurara un poquito porque aún había mucho oficio por hacer. Los trabajadores volvían a los cafetos y el mismo Ángel María, detrás de los arrayanes se hacía el inocente mientras tomaba su canasto perdiéndose cafetal abajo. Clarita se secó bien el cabello y fue a cambiarse el vestido. No quería que alguna mancha rara se notara. Sólo Margarita, su prima, la miraba como con cierta malicia sentada en el quicio de la cocina.

Aquellos encuentros, aquellos juegos se repitieron por varios días entre ellos. Por fortuna para Clarita, los únicos testigos de su amor secreto, parecieron ser sólo los árboles, el viento, los pájaros, las libélulas, el cielo azul, las piedras y los peces bajo el agua cristalina que cada mediodía la llamaba.

# 2

## Mareos, cartas, penas y otras yerbas

Al cabo de dos meses los encuentros furtivos con Ángel María empezaron a preocupar en serio a Clarita. Comenzó a tener miedo. Miedo de que después de lo sucedido, Ángel María dejara de quererla y de que nadie, ningún hombre en adelante, cuando supiera que no era virgen, se casara con ella. Siempre se lo habían advertido sus papás, don Epifanio Toledo y doña Arsenia del Campo, dos paisas de antigua estirpe maicera, "chapados a la antigua" como dice el dicho, muy apegados a la moral y las costumbres religiosas. Personas poco dadas a expresar sus emociones, muy parcas con sus manifestaciones de cariño, incluso para con sus mismos hijos pues no eran capaces de decirles un "Te quiero" o abrazarlos, y menos, darles un beso de cumpleaños. Eso sí, eran bastante entregados al trabajo y protectores de la familia hasta lo último. A fuerza de trabajo y ahorros habían conseguido, con los años, aquella finca de café cerca de Manizales a la que llamaron *La Empinada*, por las lomas que tenía para subir hasta allí. En ella vivían

15

felices, tenían todo para comer y para criar los hijos, con toda clase de árboles frutales y de animales, desde gallinas hasta cerdos, mulas, caballos, perros y gatos. Clarita era la tercera de las muchachas y el mayor se había ido a trabajar y a estudiar a Manizales. Margarita, la prima, se había criado con Clarita casi desde los dos años. No se sabía si los papás habían muerto o la habían dejado con doña Arsenia sólo porque eran muy pobres para criarla.

Todo aquel recato, todos esos valores morales inculcados por sus padres, esos principios que debía mantener se habían ido con el agua de la quebrada aquellos días tan fácilmente, pensaba ella. Pero así era el destino ahora y tenía que enfrentarlo.

La casa era grande, como eran entonces las fincas. Tenía nueve habitaciones en las que cómodamente había crecido y jugado con sus hermanas. Incluso se tenía espacio hasta para los trabajadores de más confianza. En una de ellas se había instalado Ángel María y dos compañeros más. En otra se guardaba el café recogido listo para empacar en costales y enviar a Manizales después de negociado. En la gran cocina permanecían siempre desde la mañana a la tarde, Margarita y doña Arsenia, junto al gran fogón montando las ollas de aguapanela, fríjol, arroz o sancocho. Clarita, Isabel y Marta ayudaban también en lo que podían lavando los platos y todos los utensilios, pelando papas y yucas o desgranando las vainas de fríjol o las mazorcas de choclo para las arepas. Era un oficio continuo y fatigoso a pesar de lo mucho que todas conversaban allí y de lo bueno que se reían hablando de cuanta cosa se enteraban o imaginaban. Pero por aquellos días Clarita dejó de estar tan alegre. Cierta palidez, cierta maluquera y desasosiego empezaron a molestarla. Margarita fue la primera en advertir y empezar a juntar sospechas.

—Hole, Clarita, tenés unas ojeras azul violeta y estás más pálida que la pared, aunque te digo que te ves así como más hermosa…Decime qué te está pasando… ¿Estás durmiendo bien? —Le preguntó una mañana mientras doña Arsenia regaba las matas del corredor.

—No sé...Me siento enclenque y frágil como gallinazo desplumao. —Contestó Clarita. —En las mañanas siento la boca amarga y la saliva salada, me molesta el ruido y hasta el canto del gallo mañanero. A veces pienso que es  problema del hígado o bicho de pollo amarillo. Me fastidia ese olor a cebolla frita con cominos, no soporto ese aroma del cilantro recién arrancado de la huerta que cada mañana mi'amá coge para echarle al caldo de papa del desayuno.

—Ajá, mijita, con que así es la cosa con usted…Hummm. Muy raro, ¿cierto?…¿O no será que usté anda por ahí haciendo cositas, como le digo, cositas raras, mija? Porque del hígado, no creo que esté sufriendo, Clarita. Más bien no te me hagás la pendeja y contame… ¡Lo que me estoy temiendo es que te metieron un gurrumino!…O decime si ya te vino el cardenal…

—Está por llegar, no te pongás con misterios, Márgara, ni le comentés nada a mi'amá. —Dijo Clarita bajando la voz— Lo que pasa es que tengo unas ñatas muy sensibles.

—Hummm y ni qué decir del olor tan fuerte que le sentí ayer al peón que llegó hace días. Ese le debe de molestar más. El limoncito que se unta como que no le sirve, anda oloroso los sobacos. —Dijo Margarita, maliciosa— Pero en su interior, Clarita sabía que ese olor le evocaba otra cosa, algo así como aroma a maderas tropicales con un toque de flores silvestres. Sabía lo mucho que le excitaba ese sudor.

—No me digás ahora que te cae gordo, muchacha, no me digás —Continuó diciendo Margarita— después de que lo he visto en las mañanas yendo al patio a lavarse la cara y luego afeitándose. Es una delicia ver cómo se moldea las patillas en forma de eles mayúsculas y cómo se peina el cabello hacia atrás. Es muy acuerpado, todo un mango dulce y apetitoso ese muchachón.

— Ah, sí, parece que es a usted a la que  más le gusta, mija. —Terminó replicando con un mohín Clarita—. No se atrevía a confirmar que ya conocía las delicias del paraíso con Ángel María.

Por aquellos días Clarita y Ángel María sólo volvieron a cruzarse las miradas sin poder encontrar un momento para conversar como querían. Pero sabían que entre ellos existía ya algo muy profundo y definitivo. Clarita, en el fondo del corazón quería escuchar de Ángel María palabras aún más íntimas y verdaderas; que le hablara tal vez de matrimonio, pero él no parecía estar muy dispuesto a hacerlo. La incertidumbre entonces llenaba ahora a la muchacha mientras sentía que algo no iba bien dentro de ella. A veces las dudas llegaban a su mente: "¿Y qué tal que sea casado?", pensaba. Pero no, eso era absurdo ya que él se quedaba en la finca los fines de semana, aunque a veces salía al pueblo a comprar algo, iba a misa y no tardaba ni tres horas para regresar, según lo había comprobado ella misma. Lo correcto habría sido contarle todo a doña Arsenia y al taita don Epifanio, pero le daba miedo otra vez, sabiendo como eran de jodidos, de celosos con las cosas de la moral y las buenas costumbres. Al fin de cuentas eran ellos los que escogían a los futuros maridos de las hijas...

Seguía sintiéndose mal y ni las bebidas de su mamá ni los remedios de don Pánfilo el de la farmacia le servían de

nada. Sentía la barriga entamborada, la comida le caía mal y los fríjoles le sabían a tierra. Y de aquello, es decir de "el cardenal", como decía Márgara, nada.

Un viernes en la mañana fue donde una vecina a pedirle unas hojas de diente de león, que servían para los dolores de barriga, limpiar el hígado y la inflamación intestinal. Después de dos horas llegó a la casa, preparó una bebida con las ramas y se la tomó antes de acostarse un rato a descansar. Ignoraba lo que había acontecido en su ausencia. Con discreción, Márgara le entregó un sobrecito doblado y ahí estaba la letra de Ángel María. El corazón le dio un brinco. Margarita le dijo:

— Clarita, este papel me lo entregó Ángel María para usted, antes de irse. Le aseguro que ni siquiera lo he desdoblado. Tal como me lo entregó se le paso.

Clarita sacó la carta escrita por Ángel María. No pudo evitar que las manos le temblaran y para evitar que ella se diera cuenta, guardó el papel en un bolsillo esperando para ir de inmediato a leerlo sola en su cuarto.

— Pero cual es el misterio, pues, ¡Eh, Ave María!…— exclamó Margarita al ver lo nerviosa que Clarita se puso y la palidez que tenía en la cara.

— No sé, Márgara, ¿tú sabes qué pasó? ¿Qué te dijo él? ¿Por qué se fue?

— Pues que vino a eso de las once a cambiarse —dijo Margarita— todo asustao…como que alguien vino a caballo a traerle una razón, un telegrama urgente, urgente…Yo estaba lavando la ropa, lo vi demasiado ofuscao y como triste, pero no me atreví a preguntarle mucho. Entonces al ratico fue

cuando me entregó ese papel pa usté, y salió apurado con sus cosas sin dar más explicaciones. Creo que allgo grave debió haberle ocurrido…Claro que antes, don Epifanio le pagó el jornal adelantado, según me di cuenta…

Clarita dejó entonces a Márgara y se fue hasta su pieza, abrió la nota y con el alma en un hilo leyó:

*"Pequeña mía, espero no causarle sorpresa ingrata con esta carta. Mi bella Clarita, usted es la niña más tierna y hermosa que he conocido, hasta las flores la envidian. Y he sido muy afortunado al conocerla y tenerla conmigo tantos días. He sido muy feliz con usted. Le confieso con estas líneas que estoy profundamente enamorado y contengo las lágrimas en este momento porque debo marcharme cuando mejor estábamos y todavía podían suceder más cosas entre los dos. En cada beso le entregué mi corazón y por nada del mundo quiero perderla, pero me tengo que ir a enfrentar una responsabilidad familiar. Sé que hice mal al haber tomado del rosal la rosa más hermosa, pero por esa flor volveré como tominejo a buscar su miel. He recibido un telegrama y mi madre ha fallecido, desconozco las circunstancias pero le prometo que no me olvidaré de usted. No olvides nunca mis palabras, me voy con este dolor que me embarga, pero con el corazón alegre por las cosas que hemos hecho. Guardaré con todo mi amor aquel mechoncito de cabello que me dio. Una mamasota como usted será imposible olvidar. Voy a saborear en mi alma cada noche el néctar que me regaló. Le dejo mi alma, mi corazón, mis besos. Suyo, Ángel María."*.

Clarita sintió escalofríos de muerte. El mundo se estaba cayendo afuera y adentro de ella. Empezó a quedarse como ciega y luego, se desvaneció.

—¡Clarita, Clarita, Clarita!… ¿Qué le pasó? Qué fue lo

que le dio —Decía Margarita haciéndola volver en sí—. Me quedé preocupada y vine a buscarla y veo que lo que leyó no era muy bueno. Cuénteme. Ya viene su mamá. Tuve que llamarla. La veo muy pálida…

—Ah, pa qué se puso a llamarla. Ahora verá. Fue sólo una maluquera…

Cuando entró doña Arsenia, y hasta don Epifanio, alarmados, Clarita trató de levantarse en vano, seguía mal. Todavía tenía mareos, pero alcanzó a guardar el papel debajo debajo de la almohada.

—¡Traiganme la alhucema o el alcohol, rápido! —ordenó doña Arsenia.

—Tranquila mija, con esto se compone —dice don Epifanio poniéndole un pañuelo perfumado en la nariz y la boca.

—No es nada, es que no desayuné bien — dijo Clarita para tranquilizarlos a todos.

Parpadeó unos segundos y se levantó por fin ayudada de doña Arsenia. Pero ella, volviendo a recostarla en la cama le dijo que no se preocupara. Que descansara un buen rato mientras iba a prepararle alguna bebida a la cocina. Todos salieron y ella se quedó sola. De verdad que lo necesitaba, para darle rienda suelta a las lágrimas.

Pero al rato Margarita volvió, y sin darle tiempo a calmarse, le dijo:

—¡Clarita!…Esto no me está gustando para nada. Yo creo que usté lo que está es preñada…¿Cierto?…A mí no me siga

diciendo mentiras...

—Shhhttt...Bueno, Márgara, está bien. No diga más, por favor. Y es verdad que el "cardenal" no me ha venido desde hace más de un mes...Pero ahora lo que más me duele es la carta que me dejó Ángel María. Léala...

Margarita leyó y se quedó en silencio. Quería mucho a Clarita y a ella también le dolió aquello que estaba sucediendo.

—Yo sí me estaba dando cuenta de eso.
—Dijo Margarita, suspirando—. No crea que esas escapaditas al mediodía por allá a la quebrada eran tan escondidas pa' mí. Pero bueno, a lo hecho, pecho, como dicen. Ahora vamos a tener que enfrentar las cosas. Me imagino el grito que van a pegar su mamacita y su papá. Pero todavía no sabemos a ciencia cierta si está embarazada. Mejor tome bebida de ruda de castilla, con eso le baja la regla.

—Nooo, Márgara, no...Esa planta me hace abortar si de pronto estoy embarazada, me han dicho que es buena pero pa' los sangrados. Las embarazadas no deben usarla porque abortan.

—El anamú, entonces...Sí. Eso es...—dijo entonces Margarita— Voy a hacer té con esas hojitas.

—Pero eso sirve es para el cáncer, artritis y diabetes— dijo Clarita.

—Sí, pero también sirve para los atrasos y si no le baja, ahí sí vamos a tener que decir la verdá. Eso le pasa por culipronta, mijita.

Esa noche Clarita no pudo dormir. Y no iba a hacerlo bien en las noches siguientes. Los recuerdos de Ángel María, el adiós que le había dejado, la incertidumbre de no saber lo que iría a pasar cuando se notara el embarazo, todo esto no hacían más que confundirla y hacerla llorar sin consuelo, aunque sólo evocando las delicias que había compartido con él lograba suavizar sus penas. En sueños volvía a sentir el roce de aquellas manos fuertes y hábiles desatando sus instintos, sus deseos reprimidos. Los momentos de pasión compartidos con Ángel María entre el agua cristalina y sobre la gramilla suave. Los besos, los suspiros…

Despertaba en medio del desasosiego diciéndose: "¡Virgen del agarradero!...Qué  es lo que voy a hacer, y pa' acabar de ajustar, sin marido…Adónde busco a Ángel María pa' contárselo. ¡Ahora si me  llevó el patas!". Sabía muy bien que en una sociedad donde el honor de una  mujer dependía todavía de tener o no tener una membrana en la vagina, su destino estaba echado a perder. Tenía ya los ojos secos de tanto llorar y la misma Margarita también sufría escuchándola desde la otra cama.

Las bebidas de anamú por cinco días no dieron el efecto que esperaban. Las náuseas y mareos continuaron. Margarita recurrió por último a las bebidas de manzanilla a ver si eran cosas del estómago, indisposiciones, cólicos menstruales…

Con los días ya no se aguantó más y le dijo a Clarita que tenía que hacerse la prueba del frasco de vidrio, que consistía en conseguir un envase de cristal limpio y seco, hacer la primera orina de la mañana en ese frasco y ponerlo en un lugar frío por media hora o más, después mirar si se ha formado como una nubecita. Para más seguridad, se ponía el frasco debajo de un palo de café donde se siente más frío

por lo tupido y coposo, y para estar seguras ir a mirar a los cuarenta y cinco minutos.

—Déjeme ver… —dijo Margarita cuando miró el frasco al cabo de todos estos pasos—, Humm…la nubecita está arriba…Así que vamos a tener que empezar a prepararnos… Empiece a tejer mitones y saquitos, mija. Prepárese pues.

En esos momentos Clarita se sintió morir. El abismo se abría a sus pies, quería que la tierra se la tragara. Era un grano más de arena en las playas de la desolación. Ahora no sabía cómo iba a decírselo a doña Arsenia y a don Epifanio. La paliza que le iban a dar, estaba segura, sería suficiente para abortar.

Precisamente cuando estaban mirando el frasco apareció doña Arsenia y, con la voz quebrada, arrebatándoles el frasco, les gritó temblando de furia y rechinando los dientes:

—¡Qué significa esto!....!Cuál de las dos está embarrigada!...Explíquenme a ver…

—Tía— respondió con timidez Margarita— Es…Es Clarita la que está… embarazada.

Clarita escondió la cara entre las manos dejando correr las lágrimas, con el cabello suelto tapándole el rostro. Doña Arsenia entonces casi en el acto la agarró fuertemente del pelo y, alzándola para poder mirarla a los ojos, le dijo:

—Ahora sí, mijita, aténgase a las consecuencias. Ya mismo se me va para la pieza. Enseguida ajustamos las cuentas con su papá. Clarita, todavía sollozando, no tuvo más remedio que correr al cuarto mientras Margarita se alejaba por su lado para evitar que la reprimenda le llegara

también a ella.

Sentada en un taburete, Clarita sentía que todo subía y bajaba con ella. Se dejó llevar por el sentimiento más profundo y cuando su mamá le preguntó qué estaba pasando no se resistió más y le contó todo. Le confesó la tristeza que tenía por la partida de Ángel María, el responsable de toda su desventura.

Doña Arsenia no tuvo remilgos para coger la tremenda correa de cuero colgada de la pared y empezar a descargarla sobre la espalda, las nalgas y las piernas de la pobre Clarita. Más de veinte correazos le dio mientras repetía en voz alta:

—¡Zurrona, paticontenta, tomá pa'que aprendás, aunque ya sea tan tarde!...Nunca pensé que te dejarías embobar de esta manera. Ahora sí que te fregaste, zumbambica.

Entonces entró don Epifanio. Al ver lo que estaba pasando comprendió que algo muy grave acababa de ocurrir. Dejó que doña Arsenia terminara de zurrar a la muchacha y cuando su mujer le contó lo sucedido no pudo contenerse tampoco, y casi de inmediato, todavía con más vigor que doña Arsenia, se desató los ramales del machete y le propinó otra soberbia fuetera. La piel de Clarita mostraba ya las marcas más gruesas a punto de verter sangre. Ella sólo dejaba que sus padres desahogaran toda la rabia porque estaba consciente de merecer un castigo mayor. Estaba doblegada, arrodillada sobre el entablado sin levantar más los brazos. Cuando don Epifanio se cansó de castigarla, se quedó en silencio, respirando profundo, como asfixiado. Doña Arsenia había comenzado a llorar bajito para que nadie más la oyera, y se sentó en la cama mirando al vacío. El golpe había sido muy grande para ella.

—Me dan ganas de hacerle vomitar lo que tiene en esa barriga —decía don Epifanio con verdadera rabia—, y buscar a ese malnacido para cobrárselas todas juntas. Así paga el diablo a quien bien le sirve. Mucho langaruto ese, y tan serio que se veía. Qué porquería de tipo. Malhaya la hora en que le di trabajo y posada aquí...Claro que la culpa es de esta sinvergüenza que le abrió las patas.

Clarita estaba en el piso, como desmayada. Don Epifanio se guardó la pretina de ramales y comenzó a dar pasos por el cuarto como buscando una solución. Dona Arsenia seguía como pasmada sin pronunciar palabra. De pronto don Epifanio dijo:

—Esto lo tenemos que arreglar cuanto antes, porque ese paliducho se fue y no sabemos cuándo vuelva. Va a tener que hacer lo que yo le ordene ahora sí, pedazo de tuntunienta...

La decisión fue entonces encerrarla durante esos días mientras don Epifanio y doña Arsenia organizaban una buena estrategia a fin de salvar del escándalo a Clarita. Había que evitar los rumores de la gente. Que nadie más se diera cuenta del problema. A Margarita le exigieron absoluta discreción, que cerrara el pico y evitara por todos los medios que se filtrara toda sospecha. Para Clarita incluso fue mejor, pues no tenía ánimos de dejarse ver de nadie en adelante. Estar en su pieza sola, llorando su desdicha era lo más fácil. Doña Arsenia, al fin mamá, comenzó a consolarla y a animarla un poco para que comiera. No volvieron a molestarla para los oficios de la casa pues en el fondo empezaron a sentir mucha compasión por ella.

Los golpes se calmaron con paños de aguasal y los moretones con pedazos de carne cruda. Y como buenos observadores, esa misma semana fueron poniéndose de

acuerdo para encontrarle rápido un pretendiente de buena familia a Clarita. Entre los trabajadores, precisamente, había uno que de vez en cuando don Epifanio había visto arrastrándole el ala a Clarita, aunque a ella como que no le interesaba mucho entonces. Ese joven se veía presentable. La familia era muy conocida y tenía buena forma de vivir.

—Pues hablemos con los papás de Benigno López, si ellos están de acuerdo, arreglemos ese casamiento lo más pronto posible antes de que se le note la barriga a esta culicagada casquisuelta… —Le dijo don Epifanio a su mujer como a los dos días— Es mejor andarle ligero a este asunto antes de que sea demasiado tarde.

—Me parece muy bien, pero a Benigno hay que decirle la verdad. —Opinó doña Arsenia. —Y no hay tiempo que perder con los dos meses de preparación, cualquier cosa se le dirá a la gente cuando pregunten.

En una semana organizaron el matrimonio. Menos mal que no era feo el Benigno. Morenito pero alto, pelicrespo aunque más bien delgado, el muchacho resultaba una buena pareja para Clarita. Se veía limpio y organizado en el vestir. Convencer a los papás de Benigno no fue difícil aunque eran unos viejitos bastante camanduleros y caprichosos se dieron cuenta de que su hijo quedaría muy bien casado con Clarita, siendo ella de tan buena familia también y con los bienes que iba a heredar. Pero, Benigno y Clarita fueron los últimos en enterarse de la decisión que habían tomado por ellos. Sólo que al muchacho esto le alegró bastante, pues al fin de cuentas, Clarita era para él la mujer que siempre había querido tener. Estaba listo para asumir su papel. Clarita sabía que no tenía derecho a oponerse a la voluntad paterna. En primer lugar, el protocolo fue atender por unos días las visitas de él y comenzar a conocerse un poco mejor. La

tristeza de Clarita poco a poco fue pasando y Benigno se fue tomando más en serio su papel de novio. Los preparativos para la boda en la catedral de Manizales se apresuraron. Benigno sabía que en realidad estaba tapando el hueco que hizo Ángel María y que no podía hacerse muchas ilusiones. De todos modos se puso muy elegante para el casamiento. Y Clarita no se quedó atrás con su vestido de seda negro, su miriñaque, sus tacones y su pava con velo de tul y guantes de cabritilla,  tal como se estilaba entonces. Sólo habían pasado tres semanas de noviazgo pero nadie hizo preguntas raras. Todo parecía muy normal después de todo. La boda se realizó un sábado por la mañana a pesar del mal augurio de la lluvia. Salieron para Manizales acompañados de la familia de ambos y finalmente, después de que don Epifanio, con la solemnidad del caso le dijo a Benigno: "Aquí le entrego a mi niña, cuídela mucho, no me la vaya a hacer sufrir. Yo veré.", finalizó la ceremonia con la bendición del mismo monseñor.

Se hizo una fiestecita por la tarde y doña Arsenia, ayudada por Margarita atendió muy bien a los papás de Benigno. Don Epifanio estaba ya más tranquilo aunque, como su esposa, llevaba en el corazón una amargura profunda.

Clarita se resignó a su destino aunque Benigno no era el hombre con quien había soñado. No era tan dulce, tan tierno como Ángel María, tan atento y delicado. Para Benigno no existía el romanticismo. Con el tiempo incluso caería en la grosería y la desfachatez de reprocharle su "pecado". Era al fin un hombre que iba a lo que iba sin más. Para Clarita, entonces, sólo existiría en adelante el deber; cumplir con sus obligaciones sin chistar. En esos días se decidió que iban a vivir en una finca más pequeña que el papá de Benigno le encomendó para que la trabajara y la sacara adelante a modo de regalo de matrimonio. Esos días estuvieron arreglándola casita y poniéndola muy bella para que nada tuviera que

envidiarle a otras propiedades vecinas. Clarita llevó sus cosas para allá y a la siguiente semana al fin pudieron instalarse.

Clarita, sin embargo, no lograba olvidarse de Ángel María. Seguía albergando la esperanza de volver a verlo un día, y a pesar de todo, y sin importar lo que fuera, recobrar la felicidad que en tan pocos días había saboreado con él. No llegó ese día, ni el mes ni el año, pero sí el nacimiento de su hija, de su niña preciosa, fruto de aquel amor, el primer amor que según se dice, nunca se olvida. Benigno no se alegró mucho con el nacimiento de la bebé y sólo le dijo a Clarita que ahora sí podía empezar a prepararse para tener con él a sus verdaderos hijos. Pero Clarita se aguantó esa humillación, como tendría que aguantarse otras más en adelante. La bautizaron con el nombre de Alba y en su carita hermosa, su piel de porcelana, Clarita evocó la imagen de Ángel María aunque sin decirle a nadie. Cayeron las hojas de los árboles que una vez los vieron amarse, llegaron nuevos veranos, otros soles y cosechas de café y Ángel María fue reduciéndose a esa imagen secreta en su alma. Albita, la niña, era ahora el centro de sus preocupaciones.

Más tarde, cuando menos lo esperaba, alguien le contó que Ángel María había terminado enrolándose en el ejército con rumbo a los Llanos orientales. No se sabía nada de él aún.

La vida retomó entonces su curso normal, entre una y otra cosa. La pequeña Alba era para Clarita como una luz en la tristeza que a pesar del tiempo, seguía embargándola. A Benigno no era que le encantaran mucho las gracias de la niña, pues a todo momento le recordaba al otro, al hombre que de verdad Clarita amó.

A los seis meses le dio a la bebé una diarrea que con nada

se le quitaba, con mucha fiebre y malestar. Vomitaba todo, lloraba en la noche muy inquieta.

—Parece mal de ojo—decía Benigno—esa muchachita se va a morir si sigue así…

—¡Jesús de Nazareno!…¡No diga eso ni charlando! —decía Clarita confundida— Con las bebidas de cáscara de granada que son tan buenas pa'eso y la de "prontoalivio" para la fiebre, tiene que aliviarse. O si no, llamamos a misiá Matilde, la que atendió el parto, ella es baquiana y sabe mucho de estas cosas también.

—Ah, pues andá buscala vos, yo por allá no voy, estoy cansado, además esa miona no es asunto mío —decía el Benigno con ironía mientras echaba las volutas de humo de cigarrillo bien tranquilo. En el fondo deseaba que la niña muriera y con ella, el recuerdo de Ángel María. Tenía sentimientos muy encontrados. Amaba a Clarita pero sentía amargura y frustración por saber que aquella criatura no era suya. Seguía fumando cerca de ella para que la tos la atacara. Clarita tuvo que rogarle que fuera a buscar a misiá Tilde. Al fin ella llegó y ordenó:

—Hay que cerrar las ventanas pa' que no entre aire y usted que es la mai', tráigase un vaso de vidrio con agua, un huevo, pero que no sea de gallina blanca, jarilla y alcohol.

Misiá Tilde empezó la limpieza por la cabeza en forma de cruz con el huevo y la jarilla, que era una maleza de flores amarillas, todo junto con el alcohol. Después hizo lo mismo en forma de cruz por la espalda hasta llegar a los talones. Por último abrió el huevo y lo echó en el vaso con agua. Se vió ahí entonces, según ella, el mal de ojo o el daño que le estaban haciendo a la niña. El huevo se puso más blanco de

lo normal y con burbujas, como descompuesto. Se formó un ojo grande.

—¿Y qué hacemos con esto?—preguntó preocupada Clarita.

—Hay que tirar eso a un lugar donde no pase gente. — Dijo la mujer— Ah, y no se le ocurra mirar pa'tras, porque se le devuelve el mal.

Se hizo tal como ella dijo y esa misma noche pudieron dormir mejor.

Cuando la pequeña Alba cumplió los dos años, Clarita volvió a quedar embarazada. Benigno respiró más tranquilo aunque continuaba siendo muy frío y distante. Albita sentía esa indiferencia y nunca lo buscó a él. Siempre se refugió en brazos de Clarita. Así fueron pasando aquellos años en aparente calma.

Al cumplir Albita los ocho años, Margarita, la prima de Clarita, ya se había casado. Por navidades venía por la niña, ya que sentía por ella un gran cariño, después de haber compartido aquellos sucesos con Clarita cuando quedó embarazada. La quería como a su propia hija y comprendía lo que ella pasaba al lado de Benigno. Siempre estaba en actitud de defenderla y cuidarla, incluso hasta dispuesta a darle estudio si era necesario.

Por La época en que se fue Ángel María, hubo unos líos con las milicias por los lados de Los Llanos y mataron varios soldados. Margarita no le contó eso a Clarita, temiendo lo peor. Pero con el tiempo sí llegó a saber que como a los dos años de haberse perdido, regresó a la vereda y que preguntó por ella muchas ansias de verla. Que entonces le dijeron que

ya tenía un hogar feliz y que esperaba un segundo hijo de Benigno. Que vivían en una de esas fincas cercanas. Nadie le dijo que el primer hijo, o mejor, que Albita, la niña, era el fruto de aquellos encuentros de la quebrada, ya que todos ignoraban esa peripecia y doña Arsenia lo había ocultado a la gente con mucho secreto. Al saber todo esto, desilusionado, regresó a los Llanos Orientales.

Perdida entonces la expectativa de que Ángel María volviese algún día por ella, Clarita se dedicó a cuidar de Alba y su nuevo hijo con el amor que todavía su corazón era capaz de entregar.

# 3

## Ahora sí nos fregamos

Lo que más le gustaba a Alba cuando bajaba a Manizales eran las calles empinadas todavía en piedra. Llevaban los caballos al paso mientras contaban: "un, dos, tres, cuatro; un, dos, tres, cuatro"...Patamano izquierda, patamano derecha; eso hacía que sonaran los cascos en forma rítmica, como castañuelas. Cada domingo era así.

Después de hacerse las trenzas se sentaba en la banca del corredor para terminar de arreglarse e ir a la misa dominical con Carmela, su hermana menor. Amarraban los caballos en la fonda de don Cipriano. El clima fresco y el aire que descendía ligero desde el nevado hacían esa tierra muy agradable, rica para vivir. Se maravillaba con las edificaciones que conservaban su arquitectura original, la de los colonizadores que fundaron tantos pueblos entre montañas agrestes. Llegaban a la catedral y enseguida, Albita se acomodaba el rebozo blanco. Se sentaban en las últimas bancas. Una hora más tarde, al cruzar por el parque, se sentían unas diosas cuando les echaban piropos. Los muchachos las

rondaban como moscas, y hasta el sacristán, la miraba como con hambre. El otro día le había mandado saludos, pero no quiso enviarle ninguna respuesta, no lo conocía bien ni le atraía al verlo de lejos. No imaginaba qué era lo que más les gusta de ella: algunos parecían admirarle el cabello y se lo comparaban con el del maíz cuando empieza a ponerse rojizo; otros, sus ojos almendrados o quizá las nalgas firmes y abultaditas, así como la barriga planita y el talle estrecho.

No podía dejar pasar por alto la intriga y la inquietud que le despertaban esos hombres patilludos trepados en sus caballos cuando la miraban pasar. Esos de cachetes colorados contrastando con el pelo negro y fuerte, o esos otros rubios, tan imperiosos, de gesto recio y ojos maliciosos que podían ser tal vez los de un sinvergüenza o hasta los de un asesino. De todo se veía por esos lares.

En las tardes de los sábados silenciosos, entre recuerdos, le gustaba apodar los helechos que había de esquina a esquina en el corredor del frente. Hacían un juego soberbio con el rojo sangre de las puertas, ventanas y chambranas. En la parte de atrás también colgaban materas, y en el patio, se extendía con gran variedad, el jardín florecido donde revoloteaban mariposas blancas, negras y libélulas que parecían helicópteros por la velocidad con la que movían sus alas al desplazarse de un extremo al otro.

Allí olía a café en las mañanas alborozadas por la voz de los animales. Esta finca estaba llena de cafetales, con trochas hechas por los mismos jornaleros al caminar, prolongándose hasta los platanales que estaban más allá de la casa. Del palo de naranjo cercano a su habitación pendía el columpio en el que de niña se balanceaba feliz. Ahora lo usaban los hermanos menores. Pronto habría que volver a pintar, porque esa tarea se hacía cada diciembre, aunque como se acercaba

la cosecha, no quedaba mucho tiempo. Lo que sí había que organizar era la dormida para los trabajadores que estaban por llegar.

Albita había cumplido quince hacía poco. Se sentía en plenitud aunque realmente sola. Llevaba dos años sin novio desde aquella triste madrugada cuando habían encontrado a Pablo muerto, tirado en una esquina, junto a la plaza de mercado. No se supo, al menos entonces, quién lo mató. No había pistas. Y todavía la atormentaba el recuerdo de ver cómo quedó. En las noches seguía con malos sueños y se despertaba mareada con la imagen de aquel rostro amoratado, el corte del machete en el cuello, los ojos desorbitados y el cuerpo tendido sobre el charco de sangre que los perros olfateaban con repugnancia.

Ese domingo, antes de entrar en la catedral, cuando le dieron la noticia, Albita se acercó como una autómata en medio del tumulto para ver el rostro de su novio. Sus ojos aún sin cerrar parecían mirarla como siempre, y su boca entreabierta, insinuarle un último beso.

Todavía conservaba el vestido manchado de sangre con el que estaba cuando se arrodilló junto a su cuerpo. —Por más que lo lavó después, quedó con la mancha. Clarita, su mamá, no pudo convencerla para que lo botara—. Cada noche le parecía a Albita que Pablo respiraba con pesadez sobre su cuello. Era una tortura.

Que lo habían matado los chusmeros, decían los mismos que por entonces asolaban pueblos y campos del país. La violencia se había desatado con todo su furor y nadie podía sentirse a salvo, hombres ni mujeres, niños o ancianos. Pero Albita lo dudaba. Se lamentó mucho en aquella Manizales,

pueblo grande todavía, la forma como se ensañaron con él. Y todos decían lo mismo: Pablo Toringo era un muchacho bueno.

Como sea, estamos de paso por la vida y nada nos pertenece en este mundo. Por eso es mejor no apegarse a nada, decía Albita después.

Cuando murieron los padres de Benigno, éste heredó *Guadualito*, que así se llamaba la finca completa. Albita sabía que esa finca sería suya algún día también, cuando Benigno "colgara los guayos", como dice el dicho. Aunque sospechaba que a última hora Benigno la sacaría del testamento en favor de los hijos legítimos para él.

Alba recordaba que toda aquella violencia se había desatado un viernes por la tarde, justo el día en que Margarita y Clarita le habían dicho que le celebrarían el cumpleaños 15 al día siguiente con una comida especial en familia. Ah, y con la serenata que el abuelo Epifanio le había prometido para después de la misa de siete.

Es que la vida siempre voltea las cosas que se planean cuando menos se espera. En el transistor de pilas aquel día precisamente la noticia del asesinato de Jorge Eliécer Gaitán llegó a sus oídos y la gente se alborotó con el hecho casi de inmediato. La rabia y el odio estallaron como un incendio en todas partes. Hasta las puertas se iban a pintar de rojo a partir de aquella noticia. "Qué señor tan elegante era ese caudillo y lo bien y lo bonito que hablaba", pensó entonces Albita al verlo en las fotos que mostraron de él en el periódico del día siguiente. Se horrorizó de ver cómo lincharon y arrastraron por las calles hasta convertirlo en unos despojos irreconocibles el cadáver del hombre que asesinó al líder. Juan Roa Sierra, se llamaba. Esa turba furiosa se iba a

extender por todo el país. Todo eran lamentos en esos días. Lo ocurrido en la capital iba a afectar a todos sin excepción.

Desde ese día las noticias en la radio sólo se ocuparon en contar las masacres y las peleas en los campos y en los pueblos que en adelante y por mucho tiempo se iban presentando. El miedo se extendió como una gran nube negra. No pararon los saqueos, los robos, los asesinatos más crueles a partir de ese viernes. La sangre de miles de inocentes tiñó la tierra y hasta en las iglesias se predicó solo de política y se envenenaron las almas.

Fue un mes muy largo ese abril. En las noches tocaba dormir en el cafetal debajo de algún árbol, cubriéndose con colchas viejas y plásticos por si llovía. En la mañana se regresaba a la casa con cierta cautela. No se sabía si por ahí andaba de pronto la famosa chusma. Se oían decir muchas cosas en los alrededores. Que mataban familias enteras, que violaban a todas las mujeres, que les cortaban la cabeza a los hombres y les dejaban la lengua por fuera, que escribían letreros insultantes pintados con sangre en las paredes. Cada día era un desasosiego en el alma.

No se pudo celebrar nada. Y pronto la falta de trabajo en los cafetales fue afectando la economía de la familia. Benigno se quejaba ya de las pérdidas y el porvenir se veía incierto y oscuro. Para completar, Clarita estaba otra vez embarazada. El poco café que había en la finca tocaba cogerlo entre Benigno, Clarita, Margarita, Carmela y Albita, acompañados por algún trabajador que de pronto aparecía. Casi todos se habían marchado atemorizados por la violencia de los alrededores porque esta se veía mucho más en el campo que en ninguna otra parte. En cambio los ricachones y los hacendados de barriga cervecera permanecían seguros en sus casas de la ciudad, aunque la zozobra de todos modos

también llegaba hasta allá.

Entonces Clarita decía que sólo quedaba rezar. Ante la impotencia de no poder hacer nada y con ira, Benigno no dejaba de cantaletear que con todo ese familionón adónde iban a parar. Lo que mucha gente no sabía era que a él lo protegían por sapo y más valía que se pegara de todos los santos para que no le llenaran la barriga de plomo. En ese tiempo resultaban por ahí tirados o encunetados los muertos sin saberse cómo ni por quién. Muchos crímenes se quedaban en el misterio, pero había una mujer a la que todos temían, apodada la Amazona, una mujer de aspecto imponente que en realidad se llamaba Adelina. Ella era la más temida y decían que se camuflaba trabajando en un prostíbulo. Pero nadie se metía con ella ya que sabía enredar a los hombres con su astucia, llevándoselos a la cama sin importarle si eran casados o no. Se enfrentaba con cualquiera a machete o escopeta. Además, aunque no era hermosa, hombre que la frecuentara no se olvidaba de ella tan fácil, dadas sus artes de amor y otros negocios que tenía.

Sin embargo, con los meses, aquel ambiente de zozobra fue haciéndose llevadero y Alba trataba de adaptarse a todo aquello. A veces se sentía bastante sola y fue así como Margarita que ya se había casado, se la llevó un tiempo para su casa. Allí Albita fue haciéndose una mujer fuerte para el trabajo y al mismo tiempo muy sensible y atenta a las buenas cosas de la vida. Sin embargo, a veces recordaba cosas tristes, como las navidades de su niñez que, a pesar de los buñuelos, la natilla, la fiesta, la alegría de la familia, para ella significaba más bien desilusión. Benigno la había discriminado siempre desde muy chiquita. Nunca en sus aguinaldos apareció la muñeca que tanto deseó.

—Mamá, ¿Dónde están las muñecas? El niño Dios no nos

quiere. —Le decía a Clarita cada vez que abría el paquete y no encontraba más que dulces y otros pequeños artículos de aseo personal.

—Ya usted está muy grandecita para eso, mija. —Le contestaba ella, tratando de disimular. Pero Albita se daba cuenta y guardaba esa tristeza en el alma. Fue así como poco a poco iba comprendiendo que la vida no era tan fácil y eso ayudó a formar su carácter. Aprendió casi por propia cuenta a leer gracias a Margarita que le leía cuentos y le explicaba las letras y los números desde la más tierna edad. Y aunque no asistiría mucho a la escuela, con los años fue adquiriendo muchos conocimientos.

Alba recordaba también aquella tarde de primavera cuando bajo un sol ardiente, un vecino llegó a caballo con una nota para Margarita que decía: *"Prima, necesito que me traiga a Alba porque estoy que cojo la cama y ella ya está grandecita para que me ayude con los quehaceres de la casa. Clarita."*

En abril, cuando cumplió nueve años, empezó a hacer labores de hogar y tiró en un rincón la muñeca de trapo que Margarita le había comprado al fin. Ahora su labor sería la de cuidar de sus hermanos menores y trabajar en la cocina y en la huerta.

Esa vez Albita se llevó los cuatro vestiditos en una chuspa y de nuevo se puso a llorar. Ya estaba empezando a leer muy bien, a sumar y restar. Se llevó la cartilla *Alegría de leer*, el libro de cuentos y el cuaderno con las tareas de la maestra con la ilusión de continuar en la escuela de la vereda. Por otro lado, Margarita prometió seguir ensenándole. Al volver, encontró a su mamá otra vez embarrigada de su cuarto hijo, de los dieciséis que iría a tener.

Todo esto seguía recordando Albita a sus quince luego de las tristezas que tanta violencia y tanto miedo le provocaban. Sus recuerdos no alcanzaban a alegrarla del todo pero le daban un consuelo. Benigno sí que sabía a lo que iba. No perdía su tiempo y su geniecito seguía siendo el mismo de siempre: nada paciente. Cuando llegaba una visita comenzaba a decir, aplastando el pucho en una matera, que ya estaba para pasar el último carro de las seis, a ver si se apuraban, y hasta agregaba:

—Si quiere me hago a la orilla del camino para atajarlo, no sea que se le pase el jeep.

Margarita ya sabía de sus manías y no le hacía mucho caso. Esa vez que llevó a Albita se quedó el fin de semana para poder ir el lunes a matricularla en la escuela La Nubia, así Benigno creyera que eso de darle estudio a las mujeres era una bobada, ya que no servían sino para acostarse con ellas y tener hijos, aparte de trabajar en la cocina y haciendo oficio. Sólo Clarita no lo creía así y apoyaba la idea de que su niña estudiara aunque fuera la primaria.

Albita se puso muy contenta cuando la matricularon y empezó a ir a clase por las mañanas. Le encantaba salir con su uniforme bien planchado y las zapatillas que le dio Margarita muy bien charoladas. Se divertía muchísimo jugando con sus amiguitas, aunque le jalaran tanto el pelo y la tiraran al suelo en el recreo. Quería sobre todo terminar de aprender a leer y escribir bien, pero a los dos meses tuvo que retirarse con lo que aprendió porque su mamá la necesitaba para asistirla en la dieta. Desde ese momento había tenido que resignarse a cumplir con sus deberes como una mujer adulta aunque a veces, por las tardes, sacaba ratos para jugar en el patio a la gallina ciega con sus hermanas menores.

Benigno no se cansaba de echarle cantaleta por todo a su mamá. Y a veces Albita la sorprendía llorosa aunque sin decir nada. Ese resentimiento silencioso que Clarita albergaba en su corazón no desaparecería nunca.

Ah, pensaba ahora Albita, cuánto machismo tuvo que soportar su mamá y ella misma, y hasta las propias hijas de él, Carmela y Dalila, quienes entonces no comprendían toda esa rudeza. El hombre se refugiaba en su cigarrillo, su alcohol y su ironía. Esa voz enronquecida de fumador las atemorizaba y aún seguía haciéndolo aunque el tiempo hubiera avanzado un poco. En esos días, cuando llegó la hora del parto, llamaron otra vez a misiá Tilde y a Albita le tocó ayudar con algunas cosas para el nacimiento de su otro hermanito.

Albita recordaba muy bien la escena aquella. Esa cincuentona medio bruja, de ojos azulosos y extraños, curtida por el sol, con el cuello rojizo como el de un pavo, lleno de pliegues y la piel mantecosa, con las trenzas enrolladas y canosas recogidas, atendiendo la llegada del nuevo crío. Esta señora tenía un hijo bobo llamado Toto que, sin embargo, le era muy útil ayudándole con los oficios de la casa. Misiá Tilde, con su mugrosa bata y sus viejas babuchas descoloridas, se había quedado viuda hacía mucho y aunque llevaba la falda y las babuchas siempre mugrientas era muy escrupulosa con el lavado de las manos cuando atendía los partos. Era una experta para los cocimientos, los desenyerbamientos y el mal de ojo. Esa vez Albita la vio preparar la olla con agua hirviendo y la "enjundia" de gallina para mezclarle. Entonces fue cuando la vieja le pidió a ella que se fuera a jugar durante tres horas mínimo con sus hermanas por allá en el alto de misiá Ernestina, ya sabía por qué. Cuando volvieron, ya estaba berriando el muchachito.

Pero de lo que nadie se enteró, recordaba Albita con malicia, fue cómo ella se devolvió al ratico de dejar a sus hermanas jugando y como una gata montuna se trepó al techo, desde donde, entre uno de los huecos del tejado pudo ver todo el tejemaneje del nacimiento. Al principio se asustó mucho y estuvo a punto de gritar, viendo a su mamá tendida en la cama, despatarrada y a la vieja Tilde haciéndole masajes con la "enjundia" mientras el Benigno amarraba un lazo de la viga y preparaba unas tijeras. Se imaginó aterrada que iban a matar a su mamá y estuvo a punto de desmayarse. La vieja le ordenaba a Clarita que pujara, y ésta lo hacía con bastante fuerza como para reventarse agarrada de una manila que habían colgado de una viga encima de la cama. Al fin, vio como salía la cabecita de la criatura y como caía cubierta de sangre, sobre la sábana. Misiá Tilde y Benigno hicieron algo para que el pequeño respirara y empezara a chillar. Después ella le mostró a Clarita algo, como un hígado, todavía sangriento después de echar la tripita que le cortaron al bebé en un frasquito, diciéndole: "Vea mija que salió enterita la placenta, bien sanita". Fue todo muy extraño de ver para una niña como ella al fin de cuentas, pero se supo que había vivido engañada con el cuento de la tal cigüeña, y como mujer tendría también que afrontar un día y se sintió atemorizada. El niño se vio después muy bonito, muy blanco, como su papá. Benigno lo cargó orgulloso, ya bien limpio y envuelto entre pañales, y dijo que se llamaría Genaro. Albita se bajó rápido del techo y fue por sus hermanas. Al rato regresó con ellas como si nada.

Encontró a su mamá sonriente, como la virgen María, pero todavía con restos de dolor en su cara. Ella y las hermanas mostraron mucha ternura y felicidad por el nuevo hermanito mientras Clarita se cambiaba y comenzaba a amamantarlo con la ternura que le era tan propia. Y como para tranquilizarlas, Clarita simplemente dijo: "Es que la virgen es muy buena

con ustedes, y les trajo este niño de regalo pa' que se sigan manejando bien y le den las gracias." Albita, sabía ya que no había venido por allí ninguna virgen. Empezaba a confirmar que todo eran mentiras, como el cuento del niño Dios y esos viejos, los tales Reyes Magos.

Le tocó a Albita ayudar en la cocina a misiá Tilde, batiendo el chocolate con canela y nuez moscada para la mamá, y a desplumar la gallina gorda que Benigno iba a destazar enseguida para hacerle el caldo con buen cilantro por encima. Benigno le encargó después llevarle el plato bien tapado a la pieza, para evitar que le dieran cólicos, mientras él se iba a lavarle la ropa. Muy atento estaba en esos días, tal vez porque por fin le había llegado el varoncito. Pero también era cierto que no quería que ella se diera cuenta de las sábanas manchadas de sangre. Albita entraba a la habitación casi a oscuras, porque en pleno día todas las hendijas de la puerta y las ventanas estaban bien tapadas para que no entrara ningún aire malo que pudiera afectar a Clarita ni al niño. Decían que un viento malo podía dejarla incluso sorda y loca. Pero a punta de gallina gorda, chocolate y galletas con bastante mantequilla durante cuarenta días de "dieta" lo que sí se lograba es que la pobre mujer engordara como una vaca, eso sí, garantizando la producción de buena leche para el bebé. En pocos días Albita se volvió una experta en preparar todo eso, ayudarle con el agua para el baño, limpiarla y estar pendiente de todos los detalles y cuidados que sabía, a ella misma le tocaría seguir más tarde. Pero ni así el Benigno le agradecía y por el contrario, seguía tratándola mal, a los empujones y cantaletas. Sin embargo, por las noches, sacaba tiempo para estudiar, para repasar en la cartilla, practicar la caligrafía –que con el tiempo le haría tener una letra bellísima- y recordar lo aprendido en la escuela.

Pero un día, por pura maldad, Benigno había cogido

sus cuadernos y cartillas y se las quemó. A Margarita le dolió mucho eso cuando se enteró, y pronto le regaló otros cuadernos y las revistas para que siguiera aprendiendo. En un cuaderno de esos Albita comenzó a transcribir versos y canciones que iba encontrando y escuchando por ahí en la radio, lo cual le afinaría también el gusto por la poesía.

Guardaba esos cuadernos, revistas y libros como unas reliquias en un baúl que aseguró con alambres. Era su tesoro. Algún día sus hijos y los hijos de sus hijos iban a leer y valorar lo que ella preservaba allí en sus ratos de soledad. Sabrían apreciar lo que para Benigno era en ese tiempo sólo basura.

La abuela doña Arsenia venía a veces a ayudarle a Clarita, pero le quedaba muy difícil ya que también tenía que atender los oficios de su casa, y a los trabajadores que todavía tenía allá. Para Clarita, recordar ese lugar era como recordar los días de un paraíso perdido.

# 4

## Ese hombre quería algo

Alba tenía las manos ampolladas de tanto rajar leña y trabajar en la cocina cuando no iba a coger café. Era como un peón más con jornal miserable que le tiraba de limosna Benigno, no en plata sino en la comida y el techo que le daba. Una noche lo sintió parado al lado de su cama, y entonces no dudó: prendió un fósforo y cogió un garrote porque creyó asustada que era un ladrón. Lo pilló con los pantalones hasta la rodilla, mostrando esas miserias. Salió en puntillas cuando la vio dispuesta a reventarle la cabeza con ese garrote. Desde esa noche Albita le hizo entender que con ella no iba a poder. En la mañana le contó a su mamá, pero ella no le creyó, y hasta la llamó mentirosa.

Pasaron los meses y la zozobra por la violencia del país, continuaba.

—En el radio dijeron esta mañana que una ola de "Pájaros" fueron desterrados del norte del Valle —decía Clarita con el rostro angustiado.

—Debemos ser cuidadosos porque es muy probable que se desplieguen por zonas más tranquilas como el Huila y estos lados. —Advertía Benigno con el miedo de siempre. —Además, tenemos un alcalde que defiende al pueblo de esos ataques de los godos, con Ramiro Gallego nadie se puede meter.

—Huy, sí —agregaba Clarita. —Dicen que hay una mujer entre ellos, que es temible, muy sanguinaria, que la llaman *La Amazona* y se disfraza de hombre para no ser reconocida cuando sale a hacer fechorías con los chusmeros esos.

—Bueno, tampoco hay que creer en todo lo que dicen, que a veces lo hacen por crearle pánico a le gente y hacer que abandonen sus parcelas. —Concluía Benigno.

Así transcurrieron cinco años y apenas empezaron a calmarse las cosas, a calmarse un poco esos dramas de muerte y de vida, desde las atrocidades más grandes: quema de viviendas con su habitantes adentro, violación de mujeres, destrucción de haciendas y ganados, torturas inimaginables, incluso curas azuzando el odio desde los púlpitos o subidos a los árboles disparándole con escopetas a los liberales porque los consideraban menos que humanos o fieras. Como también se dieron escenas de verdadero heroísmo y nobleza, sobre todo entre la gente humilde.

Con el tiempo se supo que a la tal *Amazona* le habían matado toda la familia dizque por ser de "mala raza". Con razón se había vuelto tan cruel. Y que al alcalde lo encontraron desnudo, con cinco tiros en la cabeza, por las venganzas que se ganó. Toda esa violencia desde el año 48 hasta el 53 apenas se vino a calmar cuando se tomó el poder el llamado Generalísimo Gustavo Rojas Pinilla. Pero ni así, porque

entonces surgieron los grupos de bandoleros y guerrilleros que iban a permanecer en su lucha por generaciones.

Sin embargo, llegaron vientos más frescos. Sobre todo para la pobre Albita que ahora, a sus 18 años podía recordar por fin todas estas cosas con serenidad.

Muy cerca vivía un joven buena gente, ilusionado y de corazón libre: Ramón Peñaloza se llamaba. Era un muchacho alto y más bien delgado pero de firme aspecto. Y quién lo creyera, había sido casi vecino de Alba: primero como acólito y después como sacristán de la catedral. El mismo que siempre la veía cruzar por el parque tan campante en compañía de su hermana, el mismo que no hacía sino mandarle saludos cada vez que podía. ¡Claro! ...El que al principio no le llamaba para nada la atención porque lo veía de lejos, y como raro porque miraba siempre para el suelo. Era un joven tímido, de origen campesino como ella, que se había criado en una finca y aprendido todas las labores del café, jugando los mismos juegos de todos los niños de esa época, todos motilados con aquel corte estilo "Humbertico" en el que sólo les dejaban el copete, ese mechón tan chistoso y el resto rapado. Con los mismos hábitos de ahorrar en una alcancía de guadua las monedas ganadas, con las mismas costumbres y sueños de ella, pero también con ese gusto por las cosas de la cultura y los libros. Incluso escribía poemas muy bonitos entonces sin destinataria conocida, según vino a saberlo Alba después en el diario que le leyó. Supo que había estudiado la primaria hasta los doce años y que después entró al colegio San Benito. Que le gustaba trabajar, ganar su propio dinero y, que aunque el padre Aristóbulo le quería infundir vocación para sacerdote, Ramón alimentaba otras aspiraciones, que comenzaba a mirar hacia otra parte, sobre todo aquellos domingos por la tarde cuando venía Alba, acompañada de sus primas o de su hermana Carmela,

a la misa en la catedral. Las aspiraciones secretas de Ramón Peñaloza eran, desde ese entonces, casarse y tener hijos con una mujer tan bella como Alba. Pero eso no iba a ser tan fácil, aunque los caminos empezaban a cruzarse por fin desde que Alba empezó a fijarse en él esa tarde en que en la que con Carmela, para celebrarle el cumpleaños, fue a una de las discotecas del parque, y allí apareció Ramón con su voz tan bonita acompañado de la guitarra de un amigo para interpretar la serenata que ella había contratado casualmente en ese lugar. Esa voz la cautivó desde el primer instante, y la forma en que la miraba, sólo a ella. Ah, desde ese día, Alba no volvió a faltar a misa.

Cuando comenzaron a hablar, poco a poco, allí en una banca del parque y luego, tomando un refresco en la discoteca, Ramón le contó muchos otros detalles de su vida: que tenía dos hermanos menores, Toribio y Lucas. Que su mamá los quería mucho aunque don Joselito, el papá, era más exigente y duro con ellos en el trabajo para enseñarles a ser responsables. Que ese trabajo de acólito y luego de sacristán lo había conseguido para ayudarse más con la platica los fines de semana. Que le gustaba la música de Gardel, como a ella. Le habló de sus recuerdos infantiles, de las tardes en que llegaba de trabajar y la mamá les tenía agua caliente en una ponchera para lavarse los pies, y que después de comer y cambiarse de ropa prendían las caperuzas y se ponían a jugar tejo con el papá en la cancha que tenían en el patio. Que luego, como a las nueve de la noche su mamá les daba la merienda, escuchaban radio un rato y entonces se iban a dormir después de rezar el rosario. Le contó además, cómo eran las navidades, cuando él destapaba su alcancía de guadua para poder comprar con sus ahorros ropa y trompos para jugar mientras sus hermanos sólo pensaban en mecatear dulces y bobadas. Hacía tres  años que había salido del colegio, y desde entonces, había vuelto a trabajar también

en la finca con su viejo, en los días que le quedaban libres. Día a día, —seguía contándole a Alba—, azadoneaba o cogía café cuando había cosecha, lo mismo que ella. Y en las tardes frescas, se divertía escuchando esas canciones viejas de amor y leyendo. Para Alba todo esto fue una revelación maravillosa. ¡Ramón era el hombre con el que siempre había soñado!

Ahora, a sus dieciocho años, ir a Manizales cada domingo era doblemente placentero para ella. La finca de Benigno sólo quedaba a unos cuarenta minutos a caballo, y aunque ya no era tan peligroso como antes, de todas maneras había que tener cuidado. No se le borraban aquellos recuerdos amargos todavía.

Su prima Margarita estaba ya muy bien casada y se vestía como una artista, porque qué marido tan querendón se ganó. Bien merecido porque seguía siendo muy buena con Alba. Y aunque sabía lo de Ramón, trataba de protegerla para que Benigno no se diera cuenta.

Después de la misa, seguía viéndose con él, sentándose en la banca del parque o yendo al teatro a ver las películas de Carlos Gardel y Libertad Lamarque.

Margarita le decía:

—Sí, es que él es, está muy pispo, tiene una voz hermosa también. Y acuérdese cuando en Semana Santa había alguien tocando durante el viacrucis, entre estación y estación... ¡Era él! Quien iba a pensarlo.

—Ah, claro que sí, me acuerdo un poco, pero no lo escuchaba cantar entonces. No le ponía atención, así es la vida…—contestaba Alba.

Aquella vez, cuando lo conoció, él mismo fue hasta la mesa y se presentó con esa sonrisa de dientes parejos como maíz tierno. Nos brindó por cortesía otra canción después de haber cantado tres para la agasajada, y directo y sin rodeos dijo que esa última era para mí:

*"Sin saber que existías, / te deseaba/ y antes de conocerte te adiviné.../Llegaste en el momento que te esperaba, /no hubo sorpresa alguna cuando te hallé..."* —Esa voz y esa letra le penetraron el corazón.

—Ese muchacho quiere algo con usted —le había dicho entonces la inocente Carmela en ese momento, riéndose bajito.

Así pasaron varias semanas hasta que ella, bien enamorada como estaba, le aceptó a Ramón una invitación más personal.

Ramón Peñaloza había estado también en el cuartel hacía poco, donde aprendió además a dar serenatas, oficio con el cual se ganaba entre una y otra noche sus buenos pesos, aprovechando esa voz tan bonita que tenía. Había cumplido ya los 22 años, cuatro más que Alba, y por lo visto iban a ser muy buena pareja. Con lo bien vestido que se mantenía, con sus camisas blancas impecables que le dejaban ver el pecho firme y lo bien plantado que era, con esa piel aceitunada por el sol y esos ojos de campo verde, esas patillas en ele como a ella le gustaban, ese sombrero aguadeño fino de medio lado debajo del que se dejaba ver el cabello crespo, ensortijado como las pestañas y esa mirada cautivante, Alba se sentía desarmada, desvanecida y experimentaba cosas que a su edad era mejor controlar un poco. No podía más que sentirse orgullosa de estar junto a él.

La invitación especial llegó una tarde de domingo en pleno parque mientras se encontraban. Los padres de Ramón estaban por allí cerca y querían conocerla. Ella se asustó un poco pero enseguida él la llevó hasta el lugar donde los viejos estaban sentados tomándose un café con leche, y ellos la trataron con mucha amabilidad. Entonces Ramón le pidió permiso a ella para ir a su vez a visitar a la finca a sus futuros suegros. Alba sintió temor porque sabía de la furia que le daría a Benigno. Iba a oponerse y amargarles la existencia. Y así fue porque, cuando lo vio, aunque no dijo nada delante de él, cuando se fue ahí mismo dijo:

—Ese cara bonita, esos modales, tan perfumadito y filipichín, debe ser un hijo de papi y mami.

—Sí, se ve que es un muchacho como diferente. —contestó Clarita como para no llevarle la contraria. Ella le tenía miedo y se dejaba manipular.

—Y vaya uno a saber a cuántos mataría mientras estuvo en el ejército. —remató el Benigno con tono venenoso.

Tanto jodieron hasta que la pobre Alba tuvo que dejar de verlo por más de dos semanas. Y hasta se estaba dejando convencer de que era mejor así. Que un serenatero no tiene mucho futuro que digamos, y que la finca no era de él sino del papá. Y que además usaba arma, y de pronto hasta asesino podría ser, y pata tin y pata tán. Pero en el fondo de su alma, Alba sabía que Ramón era un buen hombre.

Fue entonces cuando comenzó a aparecer por la finca el viudo que Benigno, y hasta la misma Clarita, querían para marido de Alba, porque tenía plata y podía ofrecerle una vida estable económicamente. El interés, y no el amor seguía siendo lo que movía a la gente por entonces. Benigno lo

conocía muy bien desde que hizo con él cierto cambalache. Este viudo se llamaba Tomás, y era muy compinche de las cosas que el alcalde hacía en el pueblo, no muy correctas a veces. Tomás tenía ya más de 50, y estaba calvo, gordo y bajito, feo como una marrana vieja. Cuando sonreía se le veían los dientes delanteros forrados en oro, lo que causaba más bien miedo a Alba.

Un sábado fue y les dejó unas semillas y unas bellotas de plátano para sembrar. Hicieron negocio con la novillona y después con una marrana que estaba adelantando, como le dicen ellos cuando una hembra está embarazada. El viejo panzón, de sólo ver a Alba, resoplaba de deseo y sonreía malicioso. Seguro la veía a ella también como a una novillona lista para ser preñada, o como a una potranquita perfecta para ser amansada y montada.

—¡Ahhhh!, qué ternerita más sabrosa es esta belleza... —exclamaba con los ojos entrecerrados y relamiéndose el bigote.

—Es una potranca, y muy difícil de domar —dijo entonces el Benigno, como preparándole el terreno.

—Ninguna de las dos cosas, más respeto pues. —alcanzó a decir Clarita a pesar de todo.

El hombre comenzó a llevar en cada ida bolsas llenas de turrones y arequipe para endulzar a Clarita y Benigno, y a las muchachas. Clarita le hacía un buen chocolate con pandequesos o arepa, dizque de algo, para corresponder la visita. Hasta que el Benigno dijo:

—Este sí es el hombre que le conviene, un hombre serio, que trabaja independiente, porque maneja la finca que heredó

del papá y aparte negocia con ganado. Enviudó hace poco más de dos años, pero los tres hijos ya alargaron pantalón. Un hombre con experiencia que sabe llevar un hogar y tiene los calzones bien puestos. Sabe lo que quiere y no es ningún maniquí, como el tal Ramón.

—Así es...—contesta Clarita para completar —ese es el hombre que le conviene mija, y no se diga más.

Sin consultarla para nada, arreglan el noviazgo con el viejo, treinta y dos años mayor que Alba, que no obstante, seguía pensando en Ramón y por nada del mundo pensaba cambiarlo. Para Alba eran más importantes la elegancia de Ramón, sus detalles finos, sus poemas escritos ahora dedicados a ella en hojas de pergamino sepia, su modo de hablar, tan educado, y la juventud, claro está. Se sentía dispuesta a no ceder.

Pero fue tanta la insistencia que al final, con el corazón adolorido, aceptó el compromiso de matrimonio que el viejo Tomás terminó imponiendo. A regañadientes empezó a salir con él a Manizales, mientras Ramón, desde lejos, los miraba pasar, apretando los puños. Iban, no al cine ni al teatro, como le hubiera gustado a ella, sino a tomar café con leche, o al circo donde una vez él había trabajado como payaso. Pero en una de esas salidas, Ramón ya no se aguantó más y se hace ver del viejo, que para darle más rabia, toma la mano de Alba y comienza a besársela como engolosinado. Alba no pudo evitar, llena de pena, soltarse de él y decirle:

—¡Ayyy!, déjeme, viejo asqueroso...No sea tan confianzudo en la calle...

Ella alcanzó a ver la tristeza de Ramón y hasta le pareció que el sombrero estaba más ladeado que de costumbre,

cubriéndole el rostro. No quería alejarse de él definitivamente. Lo que sentía por Ramón era algo muy serio, demasiado fuerte, y eso lo acababa de experimentar.

La miraba sin que Tomás lo notara, le hacía un gesto negativo con la cabeza, estiraba los labios en línea recta y parpadeaba más rápido de lo que acostumbraba. Se veía un hombre realmente herido de amor y coraje.

Así que buscó después el pretexto para romper con este compromiso impuesto y desagradable con el viejo aunque se le fuera a ir el mundo encima. Pasó otra semana más de incomodidad, y aunque Alba protestaba ante sus padres éstos no cedían.

—Bueno, yo no aguanto más esto. De una vez se los digo, que no quiero seguir ese compromiso con Tomás, ese hombre no me gusta y está muy viejo para mí. –Les dijo en tono ya algo airado.

—¿Qué es lo que está diciendo este pedazo de tonta? — Contestó Clarita.

—Es un tomatrago, ustedes lo que quieren es que me case pa' limpiar vómito, como lo hace usted mamá.

—Pa' grosera sí sirve y pa' echar sátiras. —Replicó como de costumbre el Benigno, que de benigno nunca tuvo nada— Pues si no se quiere casar con él, entonces vaya buscando pa' dónde largarse.

—Bueno, bueno, tampoco pa' echarla pues, ella no hecho nada malo. —Intervino al fin su mamá.

—Sí, pero andaba de brincona con el tal Ramón —

refunfuñó él.

—¡Ese es asunto mío!.. Además, no sea tan sapo que usted ni siquiera es mi papá. —Dijo al fin Alba sintiendo que tenía que ponerle los puntos sobre las íes a este señor. En ese momento fue cuando el Benigno levantó la mano para pegarle y entonces Alba saltó ya furiosa y amenazando con sacar el machete de su cubierta:

—¡Que no se le ocurra!…Porque le corto no sólo esa mano sino hasta la cabeza…

—Yáaaa…ya, cálmese. —dijo Clarita al ver que la cosa iba para mayores. Pero Benigno estaba picado y fue cuando dijo:

—Ojalá y encuentren al tal Ramón con la boca llena de moscas, así como le pasó a ese tuntuniento de Pablo.

Alba se quedó muy dolida con esas frases. Y hasta pensó que pudo haber sido el que mató a su primer novio. O por lo menos el que le echó los "Pájaros" para que lo asesinaran. Ese gesto perverso de Benigno al encender un cigarrillo, mientras la miraba con burla, le producía asco. Ella le devolvía el gesto con un desprecio silencioso.

Estaba decidida con todas sus fuerzas a hablar con el asqueroso Tomás y decirle que era mejor no seguir adelante con esa farsa, aunque sus padres se sintieran tan cómodos con la perspectiva de unir la familia a un ricacho, así fuera éste literalmente un cerdo.

Pero cuando uno desea algo todo el universo se une a la fuerza de la mente para que suceda aquello que pensemos o que tememos. Un viernes después del almuerzo, rodó

la noticia del árbol viejo grandísimo que, carcomido por broca y el tiempo en la hacienda *La coqueta,* cayó sobre el desafortunado hombre que pasaba en ese momento; sólo se veían sus piernas, no sabían de momento de quien se trataba, lo aplastó sin poder defenderse. Benigno llegó en la tarde con la noticia:

—Fue Tomás el desafortunado hombre que acaba de morir aplastado por el árbol…

Hubo un silencio largo. Se le veía realmente la tristeza. Sus planes de hacer compadrazgo con el viejo ese se iban al cementerio. No sin cierta amargura o resentimiento le dijo entonces a Alba:

—Muy contenta debés estar…A vos como que el diablo te ayuda. Porque la verdad es que si fue muy extraño ese accidente…¡Eh Ave María purísima!

—No me alegra la muerte de nadie, como si le alegró a usted cuando mataron a Pablo, mi novio...Eso sí fue cosa del diablo y muy sospechoso por cierto. Pero le confieso que esta vez, siento un fresquito. –Dijo ella.

Fueron al día siguiente al velorio. Y también al funeral. Pero eso sí, se dijo Alba más tranquila, no iba a guardarle luto a ese muerto. Ni tonta que fuera. Nada era con ella al fin. En cambio el pobre Ramón sí que merecía ahora un destino mejor después de tanta injusticia.

Entonces ya no hubo más peros para Ramón aunque a ellos no es que les terminara gustando ese muchacho. Alba dio rienda suelta a sus sentimientos y empezó a recuperar con él el tiempo perdido desde el momento en que se volvieron a ver. Se aferró como nunca a esa relación.

Por otra parte Alba estaba ya cansada de seguir siendo el burro de carga de Benigno, y la sirvienta de los hermanos menores. Continuar viviendo en esa finca significaba renunciar a la vida verdadera y ella tenía muchas ilusiones ahora, estaba empezando a decidir su propio destino.

Así que habló con Ramón y con sinceridad le abrió sus pensamientos:

—Seguir en esa finca con Benigno, aguantando humillaciones, no, no quiero más. Y esperar que les dé otra vez por conseguirme el novio que ellos quieren, tampoco. Ni pendeja que fuera.

Ramón estuvo de acuerdo y la relación continuó a pesar de Benigno, que todavía no terminaba de aceptar ese noviazgo. Las visitas eran supervisadas cada sábado en la casa, pero también se daban los encuentros clandestinos para meterse unos tragos de tapetusa entre los matorrales cuando lograban escaparse de la extrema vigilancia.

# 5

## Amores y amarguras

Ramón Peñaloza para no quedarse atrás del anterior pretendiente, tenía la costumbre de traer también una chuspa llena de mecato y parva para todos en la casa. Así iba ganándose la confianza de los suegros. Le hablaba a Clarita y a Benigno de sus versos, de la finca y las serenatas, de su familia y de su ida al ejército, a pesar de las opiniones que ellos habían tenido de todo eso antes. Era buen conversador, eso sí, tanto que los dejaba como boquiabiertos con todo lo que les contaba. En otra bolsa aparte, llevaba un corte de tela estampada con zócalo, para Alba y dentro de la bolsa una rosa roja envuelta en un pergamino con un poema muy especial.

—Aquí le traje esta bobadita mi princesa. —Le decía a ella con una amplia sonrisa. —Ésta es una rosa para otra rosa más hermosa.

—Muchas gracias —Contestaba Alba con los ojos brillando de ilusión.

Blanca Irene Arbeláez

Las visitas eran muy puntuales los sábados y cada día se enamoraba mucho más de sus atenciones, las aceptaba sin tanta vergüenza como al comienzo: versos en pergaminos, flores y serenatas seguían expresándole un amor de verdad.

Clarita se sentaba a la derecha y Benigno a la izquierda, y ellos en la mitad. Aunque la incomodidad se hacía horrible. Delante de ellos Ramón apenas sí podía sostener entre las suyas las manos de Albita. Los besos había que reservarlos para cuando pudieran estar a solas, muy de vez en cuando.

Después de las largas jornadas, Alba se acostaba agotada de tanto trabajar. Desde los ocho años había sido una esclava, y aunque ya estaba decidida a terminar con eso, aún no era el momento para abandonar la casa. Se sentía insegura del futuro. Seguía leyendo en las noches y escuchando los programas educativos de *Radio Sutatenza* para aprender lo que tanto quería ya que no había podido continuar sus estudios. Trataba de sacarle provecho a todo y de expresar al menos su alegría de vivir cuando salía a coger café con su hermana, cantando a toda voz por esos campos. Reían y hacían charadas con los peones. Carmela era al fin la hermana más querida, su cómplice y gran amiga. Una de las canciones que solían cantar juntas decía:

*"Tú me haces ver un mundo diferente, /un mundo que no estaba aquí en mi mente, /un mundo donde sólo existe amor / allí donde jamás llega el rencor. / Tú me haces ser feliz como yo ansiaba / tú llenas de alegría mi vivir, /a ti yo te esperé toda la vida, /y ahora soy feliz pues te encontré..."* Esos corazones juveniles querían abrirse a la felicidad.

A veces caía un tremendo chaparrón y las muchachas se tapaban con un plástico para protegerse. Alba y Carmela

disfrutaban de todo aquello sin atemorizarse. Les gustaba ver los árboles sacudidos por el viento y los caballos corriendo por los potreros, mirar las vacas buscando los bebederos y las canoas donde se les picaban cáscaras de plátano. Los caballos comían en cambio, caña picada de la que ellas sacaban pequeños trozos que mascaban y chupaban con deleite. Les gustaba coger las drupas del café por lo bellas que se veían, además.

—Imaginate Carmela, —decía Alba.

—según leí en un recorte de periódico de los que forran el cuarto de las herramientas, que este grano lo descubrieron en un sitio llamado Etiopía.

—Etio qué?

—pía...
—Un señor que arriaba cabras fue el que con probabilidad lo descubrió por allá mucho antes de Cristo.

—Es muy posible que Jesús y sus apóstoles se deleitaran entonces también con sus buenas tazas de café...—comentaba Carmela con inocencia...

—Ja, ja, ja, bobota, con las cosas que salís...—replicaba Alba.

—Ay...ja,ja,ja, que me caigo, dame la mano —decía entonces Carmela agarrada de una rama que tallaba sus frágiles manos.

—Pendeja...Mire cómo se embarró la ropa, casi se aporrea...A ver, le ayudo.

—No, menos mal que no me fui a la zanja...Cuando

llenemos este canasto mejor nos vamos pa' la casa, pues con el aguacero ya se nos pegó la ropa y hasta una buena gripa nos agarra.

Pero como era época de cosecha no se podía dejar de trabajar por culpa del agua o del viento, del frío o del calor. Sobre todo Alba, ella sabía a qué atenerse con el Benigno si mostraba flojera. Le iban a faltar orejas para escuchar la cantaleta del padrastro. Al volver, ya cayendo la tarde salía Clarita a recibirlas:

—¡Muchachas!...pero vea como se empaparon, quítense esa ropa y pónganse algo, ¡se van a enfermar!...

—Eso no es nada…Par de flojas es lo que son —Remataba el Benigno. —Tomen aguapanela caliente con limón, y ya.

Él y los peones también llegaban mojados y se cambiaban de ropa, pero no se lavaban los pies. Se ponían a tomar tinto y a jugar naipe mientras llegaba la hora de los fríjoles.

Las muchachas desanudan los pañuelos floreados que se ponían en la cabeza, se quitaban las blusas de manga larga que las protegía de los mosquitos y zancudos, y luego los pantalones y esas botas pantaneras que al voltearlas derramaban agua sucia en el piso. Clarita calentaba agua con sal y entonces era un descanso, una delicia enorme poner los pies en la ponchera con agua calorocita durante unos minutos. Después tomaban también aguapanela caliente con limón y comían con los trabajadores hacia las cinco y media de la tarde.

Cuando no había cosecha se quedaban en la casa cumpliendo con las labores domésticas. Ayudando a cocinar para los peones. Porque cuando pasa la recolección del café,

toda la actividad cambia y viene la época de fumigar contra las plagas y enfermedades.

—Aquí tengo el extracto de ajo —decía Benigno. —Carmela, páseme el agua, la parafina y el jabón para terminar la mezcla.

Lo aplicaban a mañana y tarde para controlar las arrieras y las hormigas. Para la broca fumigaban con el "Hongo beauveria bassiana" y con "Purin de helecho".

—Por lo menos estamos prevenidos de la "Roya", porque esta enfermedad si es fatal para el café. —Explicaba él como todo un experto mientras revolvía todo con una cuchara de palo.

La Roya, por entonces, acababa con los cultivos de café en toda la zona, y para eso se aplicaban estas sustancias derivadas de la misma naturaleza. Venía luego la abonada con *gallinaza,* que era excremento de gallinas revuelto con tierra y el famoso "Caldo super 4" que se hacía con *porquinaza,* ácido bórico, bórax, boñiga, aguamiel de café, cal dolomita, fosforita, sulfato de magnesio y cobre; se aplicaba con hojas de pringamoza y *masiquía.* Todas estas cosas apestan horriblemente, pero se acostumbraban con toda naturalidad.

—¡Qué pereza!..., cómo huele de maluco esa gallinaza; es una mezcla de mierda en descomposición con huevo podrido, cada año nos toca aguantarnos lo mismo! —Protestaba Alba inútilmente.

Benigno preparaba esos menjurjes y dejaba un poquito para que las muchachas lo aplicaran en los palos de café alrededor de la casa, él se iba con los trabajadores y hacían el resto de la finca. Alba y Carmela amolaban los azadones

para los trabajadores y si alguno faltaba, lo reemplazaban.

Pasando esta temporada llegaba la época de plantar el próximo cultivo, aunque también se sembraba plátano y yuca. Alba prefería la ropa oscura para el trabajo para que no se vieran las manchas que no salían ni con límpido, ese líquido fuerte que sólo es bueno para despercudir sábanas y camisas blancas de salir.

Había un lote cerca de la cañada donde se sembraba un tajo de café. Los surcos ya estaban hechos, en la carreta se traían después los palitos pequeños. El terreno estaba ya abonado y preparado para plantarlos. Esa semana tocaba trasplantar del semillero las *chapolas* a las bolsas y después hasta allí. En la ramada estaban listas las bolsas negras para rellenar con tierra y los tapabocas para usarlos cuando se fuera a fumigar y a abonar. Todo el día se había hecho esa labor. Alba y Carmela estaban con las oscuras de tierra. Dalila ayudaba también mientras Alba metía en los surcos cada palito de café. Era bello aunque difícil y se hacía necesario tener mucho cuidado para que el futuro cafeto creciera derecho y en buena forma.

—Mirame las uñas —Decía Alba a su hermana.

—Mija...antes de acostarnos vamos a tener que lavarnos con un cepillito de dientes viejo y bastante limón —Contestaba ella con mirándose ella misma en el mismo estado.

—Ah, no importa, me gusta ese contacto con la tierra fresca, tiene ese aroma especial. —Comentaba Alba llevándose la mano hasta la nariz. —Al fin y al cabo nosotras no somos como esas señoritas respingadas, y tampoco de esas *carangas resucitadas* que se ven ahora en Manizales,

tan creídas porque han ido a Estados Unidos o a Bogotá, ja, ja, ja...

—Además, mañana nos podemos pintar las uñas de las manos y hasta de los pies. —Dijo Dalila.

—Pues, tenés razón. —Dijo Alba.

—Oíste Alba... —Preguntó Carmela mientras se limpiaba la frente sudorosa con un pañuelo rojo que amarraba medio flojo en la cabeza —Cómo cuántas bolsas nos faltan por llenar...

—Nos faltan como doscientas porque en total son quinientas, según dijo mi papá —Respondió por adelantado Dalila.

—Ya nos faltan poquitas y charlaito, charlaito, ya casi acabamos... —Concluyó Alba.

Dalila se ponía a contarlas en silencio para no equivocarse.

—Muchachas nos faltan cincuenta, esas las puedo terminar mañana...

Carmela y Alba espantaban los zancudos y los moscos que salían más agresivos en las tardes, porque hasta por encima de la ropa picaban y molestan como diablitos entre las orejas y el cuello.

Ya eran cerca de las cinco y media de la tarde. Las nubes, que a medio día parecían copos de algodón, ahora se tornaban anaranjadas, se dejaban amontonar sobre las montañas como cansadas también de sus correrías por el cielo. Pronosticaban un verano intenso. Las muchachas recogieron los banquitos

de madera hacia el lado del guamo y los taparon con guasca de plátano para volver al día siguiente. Dalila agarró el *líchigo* con la cantimplora vacía que habían traído llena de limonada para la sed.

—No se le olvide el transistor —Dijo Carmela —mañana hay que comprarle más pilas.

Dalila trató de sintonizar en vano el programa de *Kalimán*, pero la tartana ya no se oía bien.

Alba pensaba y callaba mientras caminaban sin parar de regreso a la casa. Pensaba en la idea del matrimonio con Ramón que poco a poco había ido tomando forma. Pero al mismo tiempo le daba temor comentarlo incluso a sus hermanas. Ramón iba a pedir su mano precisamente en esos días. Pero las cosas no estaban como para eso ahora. Alba sentía que Benigno era el obstáculo mayor, amenazándola a todo momento y zahiriendo sus sentimientos. Pensaba incluso en poder buscar algún día a su verdadero padre, aquel hombre con el que Clarita tuvo hacía diez y ocho años esa relación prohibida. Seguro que él sería muy distinto de este Benigno tan aborrecible. Que la trataría y la apoyaría con cariño. Lo malo es que su misma mamá no sabía nada de él, si estaba vivo o muerto.

Clarita ahora era una mujer vencida por la vida. Sólo podía secundar a su marido en todo lo que ordenara y seguir teniéndole muchachos, atender la huerta, cocinar para los diez trabajadores y limpiar los vómitos de él cuando se emborrachaba cada fin de semana. En la noche, después de la jornada de ese día, mientras trataban de descansar en su habitación compartida con Carmela y Dalila, podían escucharse los resoplidos del hombre desde el cuarto de Clarita. Le daba tristeza a Alba ver a sus hermanos menores

luchando por crecer en medio de las dificultades: a Humberto de doce años, muy avispado y ágil para los mandados; a Genaro, de diez; a Luisa de ocho; a Julio de siete; a Juana Candela de cinco y a Jacinta de dos añitos andando como una gatica triste por toda la casa. En la pieza de Benigno y Clarita, ubicada antes de llegar a la cocina, separada sólo por el cuarto de rebujo, se escuchaban todas las noches los acosos del Benigno tratando de fabricar más hijos, tan irracional como las cucarachas y las arañas que habitaban el cuarto de los trastos viejos.

—Me tengo que levantar temprano, a las cuatro de la madrugada, pa' moler el maíz de las arepas, hacer la aguapanela y calentao pa'l desayuno —Dijo Carmela tratando de dormirse.

—Pero su papá dice que soy yo la que la pongo a trabajar tan duro. —Contestó Alba con cierta mueca.

—No le pare bolas, ya sabe cómo es él. No sé por qué le tiene tanta bronca a usté…

—Pues por qué más sino porque soy la mayor…—Dijo Alba tratando de disimular la verdad que no quería que supieran sus hermanas ni nadie más.

—Es que usted es la recogida —Exclamó de pronto Dalila con insolencia.

—¡Cállese le jeta, gordiflona!... — Le replicó Carmela. Y Alba se dio cuenta en ese momento de que el propio Benigno les había dicho eso, que ella no era su hermana sino una recogida. No pudo evitar las lágrimas de furia y pena allí en la penumbra de su humilde cama, mientras se tapaba la cara con una colcha vieja de retazos como acostumbraba para

dormir.

Al día siguiente sería sábado y tendría por lo menos la visita de Ramón. Sólo que para el domingo tendría que ir a lavar los bultos de ropa sucia acumulada de la semana allá en la quebrada con Carmela, y venir con ella después del secado, a planchar hasta tarde con ese pedazo de plancha de carbones que en un descuido quemaba las prendas, porque estaba vieja y botaba algunos carbones encendidos o la ceniza sobre la ropa. Pero recordó que no había rezado y entonces les dijo a ellas que lo hicieran.

—En el nombre del padre, del hijo y del espíritu santo, amén. —Empezó.

Apenas sí la acompañaron por el sueño que las vencía. Apagó la caperuza y cerró los ojos. Dalila siguió diciendo tonterías y riéndose en la oscuridad.

—Dormite pues, entelerida —dijo Alba con ofuscación.
—Claro como ella se levanta tarde, qué afán tiene.
—Está bien, pero no me regañe que usted no es mi mamá.
—Contesta Dalila.

Por fin ellas duermen, y sólo los grillos se escuchan allá afuera, o uno que otro búho vigilando el sueño de los mortales. Carmela empieza a roncar a los cinco minutos, y a Dalila parece que los fríjoles y el aguacate no le cayeron muy bien.

Pero al rato Alba seguía todavía despierta. Esa noche parecía especialmente rara…Alba escuchó una detonación lejana que venía como de la loma. Algo malo estaba pasando, presintió. Se levantó y caminó hasta el corredor a oscuras. Cogió la escopeta que estaba colgada siempre de la puerta y avanzó en puntillas hacia la cocina para ver de dónde

venían ciertos ruidos…Le pareció escuchar el galope de un caballo desbocado a lo lejos, tal vez el caballo del que habían matado con ese disparo. "!Ay, San Judas, protégenos!", pensó. Al pasar junto a la habitación de Clarita y Benigno no pudo evitar oír otra vez la voz del Benigno y de su mamá discutiendo por lo mismo. El acoso seguía.

—¿Y por qué es que no querés? —rezongaba él.

—Porque me estorba la barriga. Después de este niño no me molestés más —Se defendía la pobre.

—Y tan bueno que es bajar y levantar la patica, si hasta los pajaritos lo hacen, eso de los niños yo no tengo la culpa, es lo que Dios nos quiera mandar —Volvía a insistir el descarado ese. "¡Qué hijueputa bestia!", balbució Alba apretando la escopeta. Decidió volver a la pieza y a pensar que Ramón no iba a ser un hombre así con ella. Le propondría no llenarse de buchones y disfrutar más de la vida y el amor verdadero. El tal método del ritmo para evitar los embarazos le sonaba, pero tendría que averiguar un poco más sobre eso, tal vez con la "tía" Margarita que siempre estaba tan enterada.

Apenas sí durmió unas dos o tres horas y a las 4 ya estaba levantada con Carmela, haciendo arepas y preparando el café para los tragos de los trabajadores que con Benigno, preparaban los canastos y los azadones alistándose para salir a la faena del día. Los cantos de los gallos y los primeros pájaros anunciaban una linda mañana. Pero otra vez las sátiras de Benigno la torturaban:

—No deje quemar esas arepas, atembada.

Alba tomó un tizón encendido y se lo pegó del cuerpo que sin embargo, por la ruana, se escapó del quemón.

—Ay, papá, qué injusto es usted con Alba —Alcanza a decir Carmela.

—¡Usted, cállese más bien, mocosa, y apúrele con ese chocolate, no le deje caer pavesas…

Al rato sirvieron el desayuno para todos y después de que se fueron llevándose con ellos al perrito *Guardián,* se dedicaron a lavar los platos y a organizar la cocina. Un vaso cayó y se quebró, lo que en silencio Alba interpretó como un mal agüero. Tomó entonces la escoba de verbenas y se puso a barrer los patios y el corredor. Echó agua a las matas y respiró hondo mientras el sol comenzaba a calentar el aire que bajaba muy fresco de las montañas. Alba trataba de mantener todo muy limpio y ordenado, le chocaba mucho que las gallinas se entraran a la casa y depositaran por allí y también en el patio recién barrido y regado con manguera para que no se levantara el polvo, sus excrementos. Para eso mantenía lista también la escoba de iraca. Echaba un poco de ceniza o tierra sobre la rila verdosa y así podía quitarla más fácilmente. En esos pequeños menesteres se le había ido la mayor parte de los días de una juventud que, de otro modo, hubiera podido aprovechar mejor en estudiar o conocer otros lugares. Pero debía admitir que también disfrutaba ocupándose con esas cosas, rociándoles agua a las rosas que tanto le gustaban, a las azucenas, geranios y helechos que colgaban de las chambranas alrededor de la casa.

Le divertían los cacareos de las gallinas corriendo y anunciando el huevo que acababan de poner. Su mamá les tenía nombres bonitos como la *Copetona,* la *Saraviada* o la *Cafeta,* y debajo de los nidos acomodaban herraduras y carbones para que cuando hubiera tempestad y tronara mucho, los huevos para empollar no se dañaran, de esta forma

se lograba toda la nidada y no se moría ningún embrión. Allí, si no eran los animales haciendo ruido y protestando cuando querían comida, eran los hermanitos pidiendo tetero o peleándose por cualquier pequeñez y jugando a las escondidas.

Le tenía especial cariño a Julio, tan tímido con Benigno que hasta se orinaba en los pantalones cuando le hablaba. Con ella era muy obediente aunque siempre había que estar diciéndole las cosas porque carecía de iniciativa. Clarita le contó que cuando él nació salió como amoratado. Decían que no había recibido suficiente oxígeno en el cerebro y por eso era como apendejado.

Cuando Alba estaba concentrada en estos pensamientos llegó sofocado y alarmando la casa uno de los trabajadores que traía del brazo a Benigno muy pálido y tembloroso.

—¡Misiá, misiá Clarita, a don Benigno lo acabó de picar una culebra!

—¡Ay qué esto, Dios santo!…—Salió de la cocina Clarita secándose las manos en el delantal y corriendo hasta donde su marido no dejaba de quejarse, respirando agitado.

—¿Y alcanzaron a ver qué clase de serpiente era? –Preguntó.

—Pues no, era roja y negra —dijo el peón.

—Mija, no me deje morir, estoy viendo como nublado y me siento como borracho —decía casi llorando y sin alientos el Benigno. Hasta la propia Alba, con todo el rencor que le tenía, no pudo evitar compadecerse del hombre.

—Tome petróleo mientras tanto, le voy a vendar esa pata para atajar el veneno, antes de que le llegue al corazón — dijo doña Clarita.

Pero Alba se quedó como inmóvil. Hubo un momento en que pensó: "Por mí que se muera ese malparido". Pero de todos modos ahí estaban Carmela y sus otros hermanos muy asustados comenzando a llorar. Y eso la hizo reaccionar. Sin dudarlo ayudó a ponerle la venda y hasta trajo la botella con petróleo que Clarita mencionó, mientras ella se cambiaba de ropa para acompañarlo. Alba también se puso algo y ayudó a ensillar los dos caballos para llevarlo rápidamente a Manizales. El camino se hizo largo, más difícil de lo acostumbrado hasta que por fin llegaron al hospital. Tuvieron que esperar más de una hora porque no había médico en ese momento. Pero alcanzaron a darle el antídoto y le hicieron otras curaciones en el tobillo donde tenía la mordedura de serpiente. El médico advirtió después que no iba a sanar pronto porque encontró en el examen de sangre que le hizo, signos de diabetes. Cuatro horas más tarde, ya hacia el atardecer estaban de regreso. Esa noche Alba tuvo muchos sentimientos contradictorios en su corazón. De haber muerto Benigno ella estaría al fin libre de dictaduras. Pero sin él, su madre y sus hermanos lo pasarían muy mal, cosa que no quería tampoco.

Después de ese percance y ya recuperado, Benigno pareció recapacitar un poco. Dejó de echar tantas puyas a Alba y hasta se volvió un hombre algo más humilde con Clarita y sus demás hijos. Alba no se confiaba mucho sin embargo. Y mientras tanto la vida continuaba. Aparte del duro trabajo que hacía, a veces podía entretenerse, de lunes a viernes, escuchando en la radio con Carmela y Dalila, *El primer amor nunca se olvida*, una novela que pasaban de diez a once de la mañana. A la una de la tarde no se perdían

*Las aventuras de Montecristo,* programa de humor que las hacía desternillar de risa. A las tres pasaban *Doctora corazón,* programa donde una señora de bella voz daba consejos a las jóvenes enamoradas. A las cinco y media, daban la novela de *Kalimán,* el héroe de turbante blanco y fuerza descomunal que combatía a los más extraños criminales. Doña Clarita sólo escuchaba *La voz amiga,* un programa donde ponían boleros, tangos y baladas románticas que la hacían soñar despierta. También escuchaba los programas de recetas de cocina como si algún día fuera a tener la oportunidad de preparar esos platos exóticos, esas exquisiteces de las que hablaban y no los simples fríjoles de todos los días, el sancocho y la aguapanela de siempre.

A los trabajadores se les mandaba entre las 3 y las 4 de la tarde, lo que llamaban "El algo".

—¿Y qué les vamos a mandar de *algo* hoy? —Preguntaba Carmela después de escuchar a Montecristo.

—Ah, lo mismo de ayer: carne frita machacada, arepa y chocolate.

En una olla de barro se ponía la carne tasajeada con sal, ajo y cebolla, para mantenerla libre de moscas. La olla se metía en un hueco hecho en la tierra, se tapaba muy bien y así los perros y los gatos no merodeaban. Después del miércoles, se colgaba la carne en unas varas puestas en la tapia más cercana al fogón para que se ahúmara mejor. La leche se hervía para evitar que se vinagrase y la nata que se sacaba de ahí se la comían todos con arepa o plátano maduro. En una esquina del fogón, se mantenían dos ollas grandes: una con aguapanela y otra con café para estar tomando todo el día. La leña que se juntaba para encender el fuego se guardaba debajo de la tapia para que estuviera siempre seca.

—¡Llegamos!...—Gritaban por la tarde los hermanos menores: Humberto, Lili y Genaro, descargando sus *líchigos* con los cuadernos. Ellos entraban a estudiar a las ocho de la mañana y salían a las tres de la tarde para descansar, hacer tareas y jugar.

—Jacinta y Julio deben estar por llegar con los *algos* al tajo. Voy a avisarles a los peones con el cacho. –Decía alguno mientras hacían una pausa en el trabajo.

Un cuerno de res con un agujero en la parte más estrecha y la parte ancha abierta, se soplaba fuerte desde lo alto de loma, y el sonido agudo les avisaba de ese descanso para esperar a los niños con el chocolate, la arepa y la carne. Julio y Jacinta tenían esa tarea, a la que se le llamaba *garitear*. A veces se sentaban en el camino azotados por el sol y se robaban la carne frita para engullirla sin remordimientos. Cambiarían el turno con otros dos hermanos sólo cuando tuvieran que ir a la escuela. Después a Juana Candela y Roberto les correspondería reemplazarlos un poco más adelante.

Humberto iba a dejar de estudiar muy pronto: con tres años repetidos en primer grado porque se la pasaba jugando bolas, había logrado pasar por fin a segundo y hasta ahí llegaría. Lili apenas acaba de entrar, y ya no tenía que *garitiar*. Benigno los entraba a estudiar a los siete años, les dejaba llegar escasamente hasta quinto de primaria y después, los muchachos se iban a trabajar con él hasta que fueran aptos para el servicio militar; las muchachas en cambio, estaban destinadas a ayudar a cocinarle a los peones y ocuparse sólo de los quehaceres de la casa o de labores agrícolas.

El siete y el ocho de diciembre, se celebraban los

alumbrados con velas en honor a la Virgen. Alrededor de la casa se hacían unos bonitos arcos con guadua verde que daban ese toque de fiesta. El dieciséis se empezaban las novenas del niño Dios, y el veinticuatro en la noche Clarita la mamá se escondía no se sabía dónde a empacar los regalos con los que después les haría creer a todos los muchachos un niñito debilucho, que ni siquiera gateaba, era el que traía todos esos aguinaldos. Benigno, igual que muchas otras personas, preparaba el lechón. Por aquella vez, después de la mordedura de serpiente estaba ya mucho mejor, aunque conservaba cierta hinchazón en el pie.

El cerdo, o simplemente el marrano, como le decían todos, engordado desde lechoncito y previamente capado para que engordase más a base de sobrados de comida y afrecho de maíz, estaba listo para el sacrificio. En la báscula o "Romana" tenía que marcar mínimo las ocho arrobas para serlo. La noche anterior al sacrificio se preparaba la barbacoa o una mesa improvisada para soportar el peso del animal y poner los trozos ya destazado. Alba y Carmela sentían mucho pesar y se tapaban los oídos mientras el cerdo chillaba por largo rato al ser maniatado y apuñalado por don Tobías, el vecino experto en esas labores, que Benigno llamaba para la ocasión. Las muchachas sólo asomaban por allí cuando la carne estaba lista para lavar y cocinar. Ellas no se acostumbran al dolor de los animales que habían visto crecer en la finca y con los que convivían como si fueran parte de la familia.

Desde muy temprano estaba ya arreglado el fogón de leña y se ponía a hervir una gran olla con agua. La sangre del marrano era aprovechada para preparar la morcilla que se condimenta con poleo. En la olla con agua caliente se sumergían las patas y manos para quitarle los cascos. Se encendía la hoguera con chamizas secas y guasca de

plátano y comenzaba la camuscada del cerdo antes de abrirlo despúes de rasparlo bien con el cuchillo para que no quedaran pelos en el cuero. Después de sacar el tripitorio, empezaban a preparar el relleno y la hornilla para hornearlo. Las muchachas ayudaban entonces a Clarita a preparar la morcilla. En los alrededores de la finca algunos vecinos empezaban a tomar tapetusa, ese licor fermentado en las casas sacado de la caña de azúcar. La borrachera se iba cuajando entre los hombres, y eran las pobres mujeres a las que les tocaba encargarse de atender y terminar de preparar el asado, la natilla, los buñuelos y la comida en general. Pero como era navidad, todo se hacía con una sonrisa.

La comilona y los festejos duraban casi tres días con la participación de vecinos y familiares invitados a compartir. Para el treinta y uno, se recibía el año con mucha pólvora, chorrillos, buscaniguas y papeletas. Se representaba al año viejo con un gran muñeco relleno de trapos y vestido cómicamente, y con la barriga repleta de pólvora. A las doce de la noche se le metía candela y reventaba estruendosamente anunciando la muerte del año viejo para dar paso al nuevo. Se quemaba con él todo lo malo y las tristezas que se habían vivido en ese tiempo; se daba entonces la bienvenida con abrazos y lloriqueos disimulados a los buenos deseos y esperanzas que cada uno se hacía. Alba se deseó un año feliz en compañía de Ramón y pidió con fuerza a Dios hacer realidad por fin todos los sueños que había estado acariciando.

El reguero y desorden que quedaba después, por supuesto que tocaba arreglarlo a las mismas mujeres, aunque al ritmo de los villancicos y la música bailable que el radio emitía sin parar:

*Ay yo no olvido el año viejo / porque me ha dejado cosas*

*muy buenas. / Me dejó una chiva, una yegua blanca, / una*
*mula rucia y una buena suegra...*

A lo largo del corredor había unas bancas de madera que
las muchachas  lavaban con esponja de alambre y jabón
azul, echándoles después de secarse, jugo de naranja y limón
para que quedaran blanquitas. Eran los sesteaderos más
deliciosos para conversar y descansar en las tardes. En ellas
los peones se sentaban también al volver de la jornada para
contar chistes verdes y cuentos fantásticos  antes de comer
la frijolada.

Volvía la rutina de siempre después de la fiesta de Reyes
magos. Alba seguía metida en la cocina y atendiendo los
caprichos no sólo de Benigno sino de los trabajadores a la
hora de la comida:

—Señorita, se le olvidó echarle la manteca a mis frisoles
y por si acaso... ¿No le quedó un chicharrón?

Los lunes, miércoles y viernes, como parte del desayuno,
se servía el "calentado con huevos pericos", chocolate y
arepa. Los demás días se hacía caldo de costilla. Para el
almuerzo se daba sancocho con cilantro por encima y los
eternos fríjoles para la comida, esto último era sagrado.
No se podía cambiar. A veces Benigno traía como para
variar alguna pieza de animal de monte que cazaba con su
escopeta, como un conejo, una zariguella o un venado, lo
que hacía babear de gusto a todos menos a Alba y Carmela
que seguían sintiendo mucho pesar por esos animalitos.
También se hacían papas chorriadas, ensaladas y sardinas o
se asaban plátanos maduros o mazorcas para ajustar el algo
o la merienda.

Los fines de semana eran menos ajetreados porque los

trabajadores se iban para donde sus familiar después de una semana de labor. El salario o jornal se les pagaba los viernes en la tarde para que no tuvieran retrasos para mercar el sábado. Benigno en eso sí era muy cumplido. Ahora debía usar bastón porque seguía doliéndole mucho el tobillo, pero aun así no renunciaba a sus salidas a los cafetales y a Manizales para comprar todos los víveres, y las vísceras frescas de res que tanto le gustaban: chunchurria, hígado, bofe, y la empella de manteca para los fríjoles, así como el callo para el mondongo de los domingos. Esa sopa de callos medio verdosos por los restos de excrementos de la res, que Alba lavaba muy bien y tenía que cocinar luego, lo mismo que las tortillas de huevo y cebolla frita para el desayuno, eran una delicia. Los sábados también se destinaban al baño en la cañada porque no había por allí ningún mirón. Se lavaba la ropa de la semana, se ponía en las cuerdas y se limpiaba bien toda la casa. Ese día, por si llegaba visita, se ponía papel higiénico en el baño.

Bañarse todos los días debilitaba el cuerpo y resecaba la piel, decía Arsenia, la abuela, por esos días. Ella tenía muchas ideas raras, aunque en el fondo, se sabía que tenía razón por la experiencia acumulada de la vida.

El baño de acueducto fue un lujo que con el tiempo se pudo instalar en la casa, lo mismo que el servicio de agua por tubería para no tener que estar cargándola más desde la quebrada, ni recogiéndola de la lluvia en canecas mohosas.

Alba se iba con Carmela después de mediodía para la quebrada. Allí disfrutaba del agua fresca y transparente como una niña junto a su hermana. Después se secaba bien y se hacía sus trenzas. Antes de las cuatro tenía que estar lista porque Ramón no demoraba en llegar a hacerle la visita. Le daba mucho placer sacar uno de sus vestidos de fin de semana más

bonitos del baúl donde también guardaba sus zapatos negros de tacón puntilla y sus otros vestidos de colores diversos. Después de todo su mamá en algo la compensaba con después de tantos sacrificios. El que más quería era el vestido rojo que ella le había regalado en sus quince. También le gustaba mucho el verde de flores amarillas en línea A, que le hizo la prima Teresa para la navidad del año pasado. Y el negro en nesgas, que le regaló Margarita el día del amor y la amistad. Ahora iba a ponerse precisamente el blanco de zócalo de flores variadas que fue el corte que le regaló Ramón hacía unos meses y que ella mismo confeccionó a mano con todo el gusto y el arte que había aprendido de su mamá, en estilo princesa. Lo había hecho a ratos y chuzándose los dedos a cada instante. Guardaba también en su baúl unos pantalones "Pescadores" con los que a veces montaba a caballo y que se le veían muy hermosos con la blusa de cuadros.

—Afánese que ya son las cuatro y falta poco para que llegue Ramón —Gritó Carmela subiendo ya a la casa.

Al rato, ya vestida, preguntó a sus hermanas:

—Carmela, Dalila…¿Sí me quedaron parejas las cejas?

—Hummm, horribles —contestó Dalila con burla y frunciendo los labios.
—Sí, pero úntese un poco más de colorete en los labios, de éste rojo —sugirió en cambio Carmela.

Alba se hacía la raya en los ojos con la colita de ratón para darle un aire felino a su cara, y ponía sombra azul en los párpados que resaltaba muy bien en su piel blanca, bajo el cabello rubio. No necesitaba rubor, sus mejillas siempre estaban arreboladas al natural.

—¡Hermanitas!...agárrense…les tengo tremendo chisme...Ssshhht, sin hacer aspaviento —les dijo de pronto.

—A ver....Contanos, quién se murió, o quien metió la pata —dijeron ellas.

—No sean bochinchosas, ¡se trata de mí!

—¿Está preñada? —Preguntó Dalila en tono socarrón.

—¡No!...Cómo se les ocurre, tampoco tan allá…

—Ah, entonces fue que descubrieron al asesino de Pablo tu ex novio...—Dijo Carmela.

—Ni tibia, mijita…No. Miren les cuento, pero todavía no vayan a decir nada: como Ramón y yo llevamos ya buen tiempo de novios, me propuso matrimonio, y eso ya lo va a hablar con Benigno y con  mamá.

—Qué, queeé? —exclamó Carmela.

—Así como lo oyen. Ramón me lo dijo y es el novio más feliz que he visto, pero más contenta estoy yo.

—Me alegro mucho por usted Alba, además, ya tiene casi veinte años y siendo la mayor, pues si usted no se casa ninguna de nosotras lo podría hacer, y eso sí que es una buena noticia. —Concluyó  Carmela.
—Hole, Alba—agregó Dalila con sarcasmo y levantando una ceja— Ojalá y no se muera tan rápido como Pablo y Tomás.—y agregó— ¿Y ustedes ya se comieron los dulces?...

—¡Ayyyy!... Cómo se le ocurre, ni riesgos, lávese esa boca con agua bendita, mija…

—Contestó Alba un poco indignada ante la pregunta indiscreta.

—Que se te vuelva la lengua como un chicharrón, niña imprudente. —Dijo Carmela.

—Qué tiene de raro, ¿y no es la verdad?…Como algunos muchachos cuentan que las novias les dan la pruebita de amor...

—¡No esté diciendo majaderías!...—Dijo Carmela un poco avergonzada.—Cuidadito con esas pruebitas, pendeja.

—Hole, y adónde van a vivir —Preguntó Carmela dando un giro a las impertinencias de su hermana.

—Pues de eso no hemos hablado todavía, me imagino que en la finca del papá, allá en una de esas casitas que tienen. En la finca tienen dos casas cerca de los potreros. Me gustaría la que está cerca de la quebrada *Aguaclara*.

En la mañana del día en que Ramón iba a venir para hablar con los padres de Alba, ella les explicó mejor qué era la pedida de mano, y como para empezar a preparar el momento, se organizó una comida especial con tamales de tres carnes, y con los vecinos se consiguieron algunas botellas de tapetusa para el brindis después de comer. Alba envolvió en una cajita el regalo con el que correspondería a Ramón tal como se acostumbraba: un reloj *Cornavin* de oro en los que había invertido sus ahorros del año.

Al fin de la tarde llegó Ramón con sus padres, perfumado y muy pulcro. En medio del patio por entre el jardín de los lados Salió *Guardián* y la gata *Candonga* haciendo gestos de cortesía con la cola. Él con un toque suave en sus lomos,

devolvió las muestras de afecto que ellos le prodigaban y protegió con cuidado especial el ramo de rosas que traía en sus manos. Desde el corredor Alba observaba sonriente al ver que los animales le habían dejado el pantalón lleno de pelos.

—¡Ay, no pero qué vergüenza!...Porquería de chandoso…, y esa pulgosa de *Candonga*, tan confianzuda con las visitas. —dijo Carmela mientras buscaba un cepillo para limpiarle el pantalón a Ramón que ya estaba sentado en la banca del corredor con sus padres mientras Benigno y Clarita salían.

—¡Buenas tardes a todos!...—Dijo Ramón al unísono con sus padres cuando vio que todos salían a recibirlos.

—¡Eh, ave maría, miren a quién tenemos por acá!... Muy buenas tardes, ¡y bienvenidos, pues!... —Contestó Benigno, ya no tan arrogante como era sino, incluso, hasta demasiado amable.

—Pasen y se sientan, están en su casa. —Dijeron las muchachas y la propia Clarita mientras Carmela salía para la cocina a traer alguna bebida refrescante.

Ramón se acercó a Alba y entregándole el ramo de rosas le dijo suavecito:

—Para ti, mi amor…¡Y qué bella estás!

—Gracias Ramón, qué lindas rosas, sabes que son mis flores favoritas. —Le dijo Alba.

La conversación giró en torno a la cotidianidad, al clima, los cultivos, y la situación del país que aún seguía siendo de mucha violencia.

—El propósito de esta visita hoy es muy especial. —Dijo al fin Ramón con cierta solemnidad— Como ven, mis padres han venido por este motivo, pero antes déjenme entregarle algo que traigo para ti, querida Alba.

Ramón le entregó a Alba el pequeño estuche que traía en el bolsillo de la camisa, ella lo recibió ante la expectativa de todos y al abrirlo vio con alegría el anillo de compromiso, en oro y con una preciosa esmeralda, que él había comprado en Manizales como muestra de su amor.

—Está hermoso, nunca había visto algo así, muchas gracias, querido Ramón.

Alba muy emocionada, le dio un beso en la mejilla mientras lo decía. Ramón a su vez, en un rapto de inspiración sin importar si hacía el ridículo, hincó la rodilla derecha con toda la ceremonia para este caso y le dijo:

—Este anillo simboliza un amor verdadero y quiero con él proponerte que te cases conmigo. ¿Aceptas?

—¡Claro que acepto! —Contesta ella sin dudarlo ante la mirada de sus padres y hermanas. El momento inspiraba los mejores sentimientos y hasta las lágrimas furtivas en las muchachas y la misma Clarita. Por fin, fue doña Petra, la madre de Ramón, la que dijo:

—Ahora sí creo que mi hijo ha encontrado la mujer que en realidad merece. Ya están en edad de formar un hogar. ¿No lo creen así?

—Sí, por supuesto, —respondió Benigno con la misma seriedad amable que por fortuna ya estaba aprendiendo a

mantener. —Creo que es necesario comenzar entonces los preparativos y fijar la fecha para el matrimonio...

Ya como novios oficiales, Ramón y Alba se quedaron solos y por fin pudieron abrazarse y darse el beso tan deseado. Sus padres y los padres de Ramón se fueron a la sala para terminar de conversar sobre los preparativos mientras Carmela, Dalila y demás, continuaban con sus oficios. La comida estaba lista y sólo faltaba que llegara la hora de servirla.

—Entonces la próxima semana, señorita Alba, usted va para la finca los dos meses reglamentarios, y Ramón, se viene para acá también dos meses. —Dijo don Joselito Peñaloza al cabo de las conversaciones con Benigno y Clarita. Se refería a la costumbre de entonces entre las familias de intercambiar entre sí a los novios para que cada uno demostrara su capacidad para el matrimonio cumpliendo con todas las tareas propias de su futuro oficio: la mujer como ama de casa, experta en todas  la labores, y el hombre como jefe de hogar, ducho en todos los trabajos de su incumbencia.

Así que Alba se preparó para partir a casa de su futura suegra no sin antes organizar con Carmela el cuarto que Ramón iría a ocupar durante los dos meses acordados. Con ella lavaron bien el piso, brillaron las tablas de madera, cambiaron sábanas, cobijas, toallas, decoraron las paredes y puso una mesita con su retrato para que cuando él estuviera ahí antes de dormirse sólo pensara en ella.

Sin embargo, aunque el acuerdo era no verse durante esos dos meses, pocos se imaginaban que los sábados por la noche, después de las ocho, cuando todos se habían acostado, Alba se escapaba por la ventana de atrás de la huerta, acompañada por Carmela y con la complicidad de Dalila, para ir a encontrarse con él en la fonda de don Cipriano. Como el

lugar quedaba algo lejos, Ramón dejaba listos dos caballos que ellas, después de caminar un buen rato por entre los cafetales, encontraban amarrados junto al camino principal, y desde allí llegaban para unirse a la parranda que Ramón siempre tenía lista con don Cipriano y otros amigos. Hasta Carmela tenía ya su pretendiente allí para acompañarla. Se prendía la música y bailaban muy sabroso durante unas dos horas sin que faltara la tapetusa y el ron para calentar la sangre y el corazón. Eso sí, sin sobrepasarse en ningún momento con lo que sabemos, teniendo siempre, como buenas muchachas que eran, el ojo alerta a cualquier amago extraño de parte de ellos. Claro que los besos no estaban del todo prohibidos tampoco, pero preferían evitarlos. Volvían después de la medianoche en los mismos caballos que un muchacho le regresaba a Ramón, y entraban de nuevo por la ventana de atrás ayudadas por Dalila, con la cabeza dándoles vueltas como en carrusel. Afortunadamente los domingos no había que madrugar tanto y podían descansar a sus anchas... Esta vez, ese último sábado antes del intercambio, sabían que ya esas salidas nocturnas habían llegado a su fin.

A la semana siguiente Alba partió con su baúl a la finca de sus futuros suegros, mientras Ramón hacía lo mismo para venir a pasar esos dos meses trabajando duro al servicio de Benigno, cultivando, cogiendo café, atendiendo los animales, y haciendo todo lo que había que hacer por allí para demostrar que estaba en capacidad de responder por la muchacha.

Cuando llegó a la finca *Patio Bonito* donde vivía Ramón con sus padres, fue muy bien recibida por doña Petra y don Joselito. Le encantó lo bonita que era la casa y la entrada orlada de altos pinos a lado y lado. El perro de la casa también salió a recibirla moviendo la cola. Le gustó mucho ver salir el humo de la cocina por el techo de tejas rojizas y musgosas.

—¿Cómo les ha ido pues, misiá Petra...y a usted don Joselito?

—Muy bien mi niña, qué bueno que haya llegado contenta...—Contestaron muy sonrientes y amables.

Era una casa de campo muy parecida a la suya, con jardín en los corredores y huerta detrás, pero en vez de estar pintada de rojo, estaba pintada de azul rey y tenía una estatua de una Venus en el patio. Las baldosas eran blancas, rojas y amarillas con figuras geométricas que se notaban recién enceradas.

Don Joselito y misiá Petra vivían muy bien allí. Al rato salió ella con una tazada de aguapanela con leche y una arepa con mantequilla, le recibió el baúl y la hizo sentarse para que tomara con calma ese refrigerio. Después la llevó hasta la habitación que le tenía lista. A las cinco y media después de haber conversado largo rato en la sala la invitó al comedor.

—Nos agrada mucho tenerla por acá, espero que nos vea como a su familia de ahora en adelante ya que también la sentimos así para nosotros. —Dijo don Joselito cuando terminaron de comer los sabrosos fríjoles con carne frita, arepa, aguacate y mazamorra con trocitos de panela.

—Muchas gracias, de verdad, y eso ténganlo por seguro. He aprendido a quererlos también mucho y sé que nos llevaremos muy bien.

—Bueno, hijita, —Dijo entonces doña Petra— ahora a descansar para que empiece mañana con todo lo que le voy a enseñar a hacer, porque ya sabe que acaba de entrar como a una escuela para que salga bien preparada pa´ su matrimonio.

Pero no se preocupe que aquí se le tratará con mucho cariño y sin atropellarla pa´ nada.

—Sí, señora, muchas gracias.

Misiá Petra aparentaba menos edad de la que tenía, unos cuarenta, pero había cumplido ya los cuarenta y cinco. Se conservaba delgada y con buen cuerpo todavía. Se veía bella aún con sus sienes empezando a encanecer. Don Joselito, en cambio, deja ver un contorno con rollitos de grasa que lo delataban como un comelón empedernido. Doce hijos habían tenido y un matrimonio armonioso. La mayor parte de los hijos estaban casados y otras dos se habían ido de monjas, más otro que estaba en el ejército.

Alba se instaló feliz en su habitación, la misma que era de Ramón, pero doña Petra le había hecho algunos cambios. Había puesto unas bonitas cortinas verdes, floreadas y el tendido de la cama de fondo blanco bordado por ella con un nido grande de dos turpiales. En las esquinas un ramo de rosas rojas amarrado con una cinta amarilla. Dos nocheros a los lados, una hermosa caperusa y un pequeño estante con una biblia y unas obras de literatura entre las que se encontraba *Madame Bovary*, que Alba conocía por recomendaciones y quería leer. También había un cajón con retratos familiares. El piso de madera estaba muy bien encerado y se sentía un ligero aroma de violetas y pino. Parecía un cuarto de hotel. Después de inspeccionar bien esta habitación y ver algunos detalles, se dio cuenta de que Ramón era un hombre muy especial. Los libros en el estante los había leído todos, según vio por los subrayados, entre ellos muchos de poesía. Tomó una pequeña novela, *Aura o las violetas*, de Vargas Vila, que estaba prohibido por la iglesia, pero le causó curiosidad y comenzó a leer. En eso entró doña Petra:

—Toc…toc…toc… ¿Se puede?...¿Le gusta el cuarto?— Sí, mucho, doña Petra, me encanta todo, le cuidaré todas las cosas. —Contestó Alba.

—¿Le gusta leer? —Volvió a preguntar misiá Petra. — Sí, pero a veces no tengo tiempo, y tardo en terminar de leerme algún libro.

—En ese estante tienes varios libros, están a su disponibilidad.

—Gracias, por supuesto que leeré algunos. —dijo Alba mostrando gran interés.

—Vamos —Invitó entonces doña Petra pasándole la mano por la espalda— ya va siendo hora de la merienda.

Tomaron una merienda muy sabrosa, con galletas y quesito en la misma cocina. Doña Petra aprovechó entonces el rato para darle a Alba las primeras instrucciones del día siguiente y los que seguirían:

—La levantada aquí es a las seis de la mañana y lo primero que debe hacer es asearse, peinarse bien, se vuelve a hacer las trenzas para que de pronto no le caigan pelos a la comida. Y, como le contaba, aquí somos poquitos, más o menos diez personas. Lo primero que debe hacer en las mañanas es poner esta olla grande con agua y le echa dos panelas. Mientras hierve, se pone a moler el maíz para las arepas. Los trabajadores no comen aquí sino en el rancho de la loma, así que no se preocupe por ellos. El único que viene a comer aquí es el capataz que se encarga de las tareas por fuera de la casa y de hacer los mandados. En total debe asar unas treinta arepas, entre grandes y medianas, para el

desayuno y para el almuerzo. Mientras se estén asando bate bien el chocolate, que quede bien espumosito, y le agrega clavos y canela. Y en este sartén medio negro que está en la esquina de la hornilla, hace los huevos pericos. El desayuno se completa con un pedazo grande de queso. No se preocupe por el arreglo de la cocina que ese lo hago yo.

—Y después qué hago —Preguntó Alba viendo la cosa como fácil.

—Cuando terminemos de desayunar, barre el patio sin alborotar mucho el polvo, me riega con agua las matas y lava la cochera de los marranos —dijo misiá Petra. —Y como a las diez se viene pa' la cocina para que me ayude a pelar el racimo de plátanos y montemos de una vez la olla de los fríjoles para la comida. Aquí no se hace sancocho todos los días; el martes hacemos pollo, el miércoles pescado, el jueves espagueti con carne molida, el viernes tamales y sábado y domingo nos inventamos cualquier cosa.

— ¿Y *el algo* misiá Petra?—preguntó.

—¡Shhht!, quítese, chandoso —dice misiá Petra espantando a *Pepe*, el perro que se enreda en la saya de ella. —¡Qué pena mija!...*el algo* lo lleva Joselito porque él no se va para el cafetal. Les empacamos café con leche y plátanos asados con queso, o a veces les mando chachafrutos, o si no chontaduros con aguapanela.

—Hummm me fascinan los chontaduros, dicen que son de mucho alimento.

—Bueno mi niña, mañana le acabo de explicar los quehaceres. —Terminó de decir doña Petra con una sonrisa...

Esa noche la pasó Alba descansada y muy temprano, antes de las seis ya estaba en la cocina. Hizo todo lo que debía hacer durante la mañana y le ayudó a doña Petra en todo. Después de despachar *el algo* como a las cuatro, empezaron a freír los chicharrones y las tajadas de plátano maduro para la comida. En otro fogón pusieron el arroz a secar.

—Espere, Alba, agréguele esto al arroz. —Dijo misiá Petra mientras le pasaba una taza con papas picadas en cuadritos y un picadillo de ajo, cebolla verde, tomate, aceite y sal.

Esos eran los oficios principales que debía cumplir durante los dos meses, aparte de lavar, limpiar la casa, coser ropa, pilar el maíz, alimentar las gallinas, los cerdos y demás animales, cuidar la huerta y las matas. Terminaba realmente rendida pero doña Petra tuvo que reconocer que era una excelente muchacha, guapa para el trabajo y que como esposa no iba a tener peros...Sin embargo, faltaba algo y fue cuando, una noche, llamándola aparte, le soltó de sopetón:

—¿Usted es virgen todavía?

Alba se ruborizó del susto y muy sorprendida le contestó:

—¡Claro que sí!...

—No, tranquila que yo no lo dudo, sólo deseaba escucharlo de usted. Y así debe permanecer hasta el día de su casamiento.

—No, misiá Petra, Ramón y yo sólo besitos inocentes, pero eso sí (hizo la cruz con los dedos), se lo juro, nada de nada, eso ni pensarlo.

—Lo pregunto porque como hay algunas muchachas que

se ponen de culi calientes y se dejan convencer del novio con el cuento ese de que sólo la puntica... y después se quedan burladas y sin casadero...Hablemos entonces de cosas de mujeres, porque imagino que su mamá nunca le ha dicho nada de estos temas. —dijo doña Petra ya adueñada de su papel de consejera matrimonial, y continuó:

—Ya sé que Ramón no es ningún manilargo, ni toma trago y estoy muy contenta de que usted sea una muchacha muy trabajadora, tan juiciosa como bonita, y estoy segura de que nunca ha probado ni un trago...
—Así es misiá Petra. —Respondió Alba tragando saliva. Qué tal que hubiera sabido de las escapadas nocturnas con Carmela, pensó mientras seguía escuchando.

—Vea mija, aparte de ser una mujer muy católica, no podemos ser ciegos a la realidad de la vida y yo digo las cosas como salgan, no me pongo con rodeos para decir lo que quiero. Es que una mujer debe saber atender bien a su marido, porque ahora los hombres están escasos, con todos los que matan en esta violencia tan macha. —Prosiguió doña Petra, como si toda esta monserga se la supiera ya de memoria. —La primera noche de boda, juegue al juego de la seducción. Como es normal que le dé miedo y vergüenza, permítale que la corretee por toda la habitación.

—Ay no, que pena hablar de eso —Dijo Alba con evidente timidez.

—¡Usted es bobita!... Escuche y deje esas penas para otro día. Póngase una tentadora sin corsé y no le afloje nada, mantenga la pierna cruzada y el calzón puesto.

—¿Sin pijama misiá Petra?

—Sí, así como le digo. Al fin se dormirá y esperará hasta el día siguiente. Si al otro día lo ve como enojado, no se haga de rogar mucho y déjese llevar por el instinto, no se ponga de melindrosa; vuelva a vestirse sensual y vuelva a la sección de besos y caricias, y ahí sí, entréguese sin vergüenza para que él no vaya a buscar tentaciones en la calle.

—¿Sin vergüenza me dice?

—Así mismo, y cuando entren en confianza y llegue cansado del trabajo, dele masajes en la espalda con aceite de eucalipto y después sírvale la comida.

—Pero no sé dar masajes...

—Aprenda. Mantenga la casa limpia y usted impecable, bien peinada, maquillada, que siempre la vea como una manzanita jugosa y apetitosa.

—Ay, misiá Petra, cómo sabe usted de cosas ja, ja, ja!...

—Míreme a mí, le hago arañar las paredes a mi marido...

Y era verdad, doña Petra, aunque estaba un poco mayor, se mantenía en muy buena forma y sabía hacer feliz a don Joselito. Hasta los pies se los lavaba antes de ir a la cama. Lo consentía mucho y de seguro que sabía darle esos gustos íntimos que tan bien conocía. Así, decía ella, si la dejaba, la otra lo cogía lleno de resabios y le tocaría volver donde ella. A un hombre le debía dar gusto llegar al hogar donde aparte de comida y comodidades, podía encontrar una mujer amorosa y dispuesta, sin remilgos. Esa era la parte más importante de la instrucción que como esposa, debía aprender Alba de boca de doña Petra. Toda una tradición viva.

—Gracias misiá Petra, me deja sin palabras, seguiré sus consejos. —Dijo ella sin hacer más preguntas.

—Eso sí, no le permita que levante la voz la primera vez, mucho menos la mano, dele un sartenazo y queda curado. —Terminó de decir doña Petra como para contrarrestar el exceso de servilismo que se le había ido en los consejos, aunque para ella, Ramón era el modelo de hombre perfecto, muy calmadito, trabajador y culto. Servir de acólito y sacristán del padre Aristóbulo le había ayudado mucho con su formación.

—Creo que ya es suficiente por hoy, y la dejo para que descanse. Que Dios me la bendiga y tenga dulces sueños. —Dijo por fin y la dejó sola, pero llena de inquietudes.

En la serenidad de la noche, Alba se preguntaba qué sería su destino finalmente. Tenía muchas incertidumbres y a pesar de su amor por Ramón, sabía que la vida no era color tan color de rosa. La historia de Clarita, su mamá, e incluso la de la abuela Arsenia, eran suficientemente aleccionadoras para ella. Al fin se durmió pensando en lo que estaría haciendo Ramón allá en la finca de sus padres, y lo poco que faltaba para el casamiento.

Faltando dos semanas para cumplir los dos meses, doña Petra le dijo al levantarse:

—Esta tarde vamos donde la costurera para que le tomen las medidas para el ajuar.

—¿Y cuándo vamos a comprar la tela? —Preguntó Alba, entusiasmada.

—Mañana sábado, después del almuerzo.

Esa tarde después de terminar los oficios, se despidieron de Jacinto que estaba entretenido oyendo radio, y se fueron en dos caballos a la casa de la modista, una señora amiga de doña Petra que los recibió bastante amable. Ella le preguntó a Alba, después de conversar de todo un poco:

—¿Y cómo quiere el vestido, niña.

—Lo quiero de manga larga, con botones perlados en los puños, cintura bien marcada y falda de gran vuelo.

—Muy bien. ¿Y lo quiere escotado o no?

—Como ella tiene unos pechos generosos y hombros menudos, sugiero que le hagas un cuello en V, un estilo donde se marque la opulencia y unos prenses en los hombros. —Dijo misiá Petra.

— ¡Buena idea, ¡excelente!...—Contestó la costurera.

—Bueno, de acuerdo, en este caso debo comprar un collar de perlas —Dijo Alba.

— Perlas no. No, ni se te ocurra, las perlas significan lágrimas. — dice misiá Petra. — Yo tengo un collar de brillantes que era de mi abuela, el mismo que usó mi mamá, y yo cuando me casé, mi hija también, y el mismo que ahora usarás tú para continuar la tradición.

—Ustedes son las que saben de esas cosas. —Dijo Alba.

—Muy bien, tenemos aquí largo de la falda ochenta y cuatro centímetros, cadera, noventa y cuatro, busto noventa y cuatro, cintura sesenta y cuatro, espalda veintiséis y talle

treinta y seis. Entonces debe ir forrado con seda y para el miriñaque necesito el anjeo, ya lo demás lo deben conseguir ustedes, como los guantes y la corona. —dice la costurera.

—Después de que me traigan todo, en tres días les entrego el vestido.

—Haga todo usted doña Elvira, que nosotras confiamos, mañana mismo le traigo lo que necesite. —Dijo misia Petra.

Se despidieron y volvieron a subir a los caballos para regresar a todo galope. Por el camino le mostró misiá Petra la casita que Ramón y ella iban a ocupar después de casarse. Muy tradicional y hermosa. Con unos corredores largos que se prestaban para llenarlos de jardín, y un solar donde plantar la huerta, muchos árboles donde pudieran treparse a jugar y comer naranjas los futuros hijos. Le enseñó también el ranchito donde vivía misiá Matilde la partera, la que hacía además, una mazamorra deliciosa. También le advirtió de tener cuidado con una vecina de nombre Adelina, que hacía poco tiempo era una mujer de malas costumbres y decían, había matado a dos hombres. Pero nadie lo podía asegurar. En seguida, le explicó por qué la casita donde iban a vivir estaba desocupada:

—Esta casita está sola porque desde que empezó la violencia, a los trabajadores que teníamos ahí les dio miedo y se fueron lejos huyendo de los Pájaros. Pero esto ya está más aplacado, pronto vendrá la paz tan esperada con la que soñamos cada día. Ya no queremos ver más caídos ni que el suelo esté tan bañado de sangre. —Doña Petra hablaba con nostalgia porque ella había perdido también algunos familiares en esa violencia de la que hablaban todos.

Cuando llegaron a la finca, Alba empezó a sentir

escalofríos. Las mejillas le ardían.

—¡Pero si está como una brasa esta muchachita, ¡por Dios!...
—Exclamó doña Petra cuando la examinó, y corrió a la cocina para traerle una limonada caliente con dos aspirinas.

Esa noche, después de hacerse un baño de esponja para bajar un poco la calentura, el sueño la venció, pero se despertó hacia las cinco anegada de sudor. La fiebre había vuelto y con más fuerza. No podía levantarse y todo le daba vueltas como cuando se tomaba los tragos en la fonda. Le punzaban las sienes y sentía la piel adolorida. Doña Petra vino a su cuarto para atenderla, y vio que lo que tenía era el sarampión. Ordenó cerrar bien la puerta, tapar la luz de la ventana y darle mucho líquido, jugo de naranja, y sin que Alba supiera, boñiga de vaca con leche, que decían, era bendito para curar esa enfermedad, así como el baño de romero. Cuatro días estuvo Alba en aquella habitación luchando con la fiebre y el malestar.

—No se vaya a rascar mijita para que no le queden cicatrices, claro que de todos modos cuando le pase esto, úntese manteca de cacao. —Recomendó doña Petra.

Casi semana y media después en este proceso de recuperación, Alba pudo levantarse de nuevo, con diez libras menos de peso y sin poder resistir mucho la luz. Gracias a los cuidados de doña Petra no tendría más complicaciones en adelante.

Ella sola había conseguido la tela del vestido y los accesorios. ¡Y qué vergüenza, hasta le había lavado la ropa!...

El sábado antes de irse, ya recuperada de la enfermedad,

se dio un baño con las siete plantas: rosa amarilla, romero, prontoalivio, eucalipto, limoncillo, verbena morada y yerbabuena. Doña Petra le ayudó con los masajes. Después del desayuno se fueron para donde la modista a medirse el vestido de boda. Pero al ponérselo, se dieron cuenta de que le quedaba un poco ancho. Había rebajado de peso y entonces doña Elvira, muy amable como siempre, mientras ellas esperaban tomando un buen jugo de naranja, se lo ajustó un poco y luego volvieron a probárselo.

—Ahora sí le quedó al pelo. ¡Qué pispa se ve!...Es que misiá Elvira es la experta en este arte, mejor dicho ni comprado de almacén, yo por eso siempre vengo donde ella. —dijo doña Petra.

—Quedó como una reina, Ramón se va babear cuando la vea, ah, *Juventud divino tesoro, / ya te vas para no volver. / Cuando quiero llorar no lloro / y a veces lloro sin querer.* —Recitó misiá Elvira, para dar a entender que cuando se es joven y bonita, todo nos asienta bien.

Alba se sintió muy contenta con el vestido, regalo de doña Petra. Al día siguiente empacó los chiros y el ajuar para irse de nuevo a casa de sus padres.

—Gracias misiá Petra por todo, por haberme cuidado, por su paciencia. -Le dijo a doña Petra, abrazándola.

—Es mi deber como madre, apoyar en todo y cuidar a la futura esposa de mi hijo...-Respondió ella, satisfecha de haberla instruido durante esos dos meses. Se despidió también de toda la familia y salió en el caballo que antes la había traído, enviado con un muchachito para acompañarla

Volver a ver a sus hermanas y hermanitos, a doña Clarita

y al mismo Benigno que sin embargo, estaba más enfermo que antes, le conmovió mucho. Pero estaba feliz de saber que esos eran sus días últimos de soltería y de permanecer entre ellos. Ramón había partido esa misma mañana por otro camino de regreso a su propia casa, dejando en Benigno y toda la familia una muy buena impresión. Todos los trabajos los había cumplido a cabalidad, demostrando su habilidad y responsabilidad al más alto grado. Todos le hablaron muy bien de él. Hasta Benigno que antes lo había tratado tan mal.

Les mostró el vestido de novia a Carmela y Dalila, con mucha alegría. También a Clarita, que se lo hizo poner para ver cómo se le veía:

—¡Ay, como le queda de hermoso por Dios!...— Exclamaron todas a coro. Hasta parece reina de belleza, pues. Es que usted está en plena flor y todo le queda muy bien...

A Clarita se le escurrieron las lágrimas de emoción, ver a su hija más querida a punto de alcanzar su propia felicidad era el consuelo mejor para su larga melancolía de años...Los recuerdos de aquella juventud, aquella locura de tiempos pasados le llegaba al corazón por unos instantes, pero después, volvía a sonreír y a continuar pelando el pollo que estaba haciendo en la cocina.

Fueron dos semanas más de preparativos y de conversaciones amenas. Alba les contó todo lo que aprendió, pero no "todo" realmente, porque a sus hermanas ya les llegaría pronto la oportunidad de saberlo también. Notó que ahora le tenían más consideración y no la molestaban con trabajos pesados. Ella colaboraba ya con lo que realmente deseaba, pero lo demás era soñar y contar los días que faltaban para la boda.

Sin embargo, con los años, Alba se enteraría de que Ramón no fue siempre, por aquellos días, el fiel galán que tanto imaginó. Las visitas clandestinas que hizo y seguiría haciéndole, incluso ya casado, a la guerrrrillera aquella, a la prostituta de la que tanto se hablaba por allí, vendría a conocerlas después.

Por lo pronto el día de la boda llegó.

—Es temprano todavía, pero la hecha de los bucles tarda un poco, después del desayuno nos ponemos en esa tarea. —Dijo Alba a Carmela, después del desayuno. Todavía no se atrevía a bajar a la cañada para bañarse con agua fría y prefirió calentar agua en una olla grande para hacerlo detrás de la tapia. Las muchachas se burlaron de ella por floja diciéndole:

—Ay, sí, con la niña, llegó como toda una caranga resucitada! ...¡ Ja, ja, ja, ja !

Después, en el patio, bajo el sol, estuvo sentada más de media hora desenredándose el cabello húmedo. Carmela tardó luego una hora para hacerle los bucles que afirmaba con baba de hojas de estromelio a manera de laca. Después vino el maquillaje que tanto le gustaba, con la raya café de los ojos y la boca con labial escarlata. Las mejillas no necesitaban nada porque eran de natural arreboladas. Ya estaba a punto de vestirse cuando escuchó que llegaban visitas.

—¡Llegaron las primas con los tíos y las tías! ...—Dijeron las muchachas— y también los compadres y un hermano de mi papá...Trajeron ya los regalos y los están llevando para la alcoba.

Entraron pues muy orondos y bullosos, y después de saludar a todos, y de felicitarla mucho echándole elogios por lo bonita que estaba quedando, se fueron a desayunar y descansar un poco antes de emprender camino con todos para Manizales.

Entonces, cuando ya Alba estaba vestida y todos estaban bien pintiparados también, salieron en los caballos rumbo a Manizales para la ceremonia. Llevaban paraguas y abrigos para protegerse en caso de lluvia. Pero el viaje fue agradable y tranquilo hasta entrar a las primeras calles empedradas, dejar las monturas y organizarse para ir hasta la catedral donde ya estaba la familia de Ramón y los demás convidados esperando. Mucha gente curioseaba por los alrededores, y no se querían perder este casamiento, sobre todo porque conocían a Ramón de tiempo atrás precisamente allí.

Benigno se había puesto muy elegante a pesar de lo enfermo, de lo cojo que andaba. La abuela Arsenia tenía en su mano un elegante sombrero negro con pluma roja que adornaba con perlas. Y junto al altar estaba Ramón, en las primeras bancas mirando ansioso hacia atrás para verla llegar e ir a recibirla. La catedral estaba decorada de manera especial con ramos de rosas puestas en grandes jarrones y se escuchaban ya los compases previos a la marcha nupcial que Gabriel Guerrero, un pianista llegado de Bogotá para la ocasión, junto con Luisa y Juan David, jóvenes violinistas de Medellín, comenzaban a tocar. En las demás bancas se encontraba el resto de invitados. Los hermanitos menores sostenían en sus manitos los anillos dispuestos en un fino estuche plateado.

Cuando Alba entró por la nave central acompañada de Don Epifanio, su abuelo, que venía a entregarla a Ramón, éste salió a recibirla muy elegante, con pantalón y saco

negros y un clavel en la solapa. Llevaba además, sombrero de fieltro en la mano que con esas patillas en ele y ese bigote le hacían juego perfecto. Sonreía igualito a Gardel, la figura que para Alba simbolizaba la belleza masculina ideal.

—Aquí se la entrego. Espero que sepa tratarla de la mejor forma, porque se lleva toda una joya de mujer. —Dijo don Epifanio. Y Ramón asintió levantándole el velo de novia y dándole un beso en la mejilla para luego continuar hasta el altar donde esperaba el sacerdote. Alba sintió cierta nostalgia de saber que su verdadero padre no estaba en ese momento tan crucial de su vida.

Eran las doce del mediodía, la hora señalada para el casamiento. El padre estaba comenzando la ceremonia cuando entró por la puerta principal, muy elegante, una mujer vestida de amarillo, muy descotada y bastante atractiva que, taconeando por todo el centro de la catedral, en medio del silencio y la curiosidad, se acercó hasta ellos, como para no perderse detalle de la ceremonia. Llevaba un minisombrero muy elegante con una pequeña malla sobre el rostro aunque su expresión era más bien fría y casi intimidante. Alba se quedó muy intrigada con esta presencia. Pero al preguntarle a Ramón de quién se trataba, él, simplemente respondió que había sido profesora suya y que de seguro había encontrado esta oportunidad para lucirse ante tanta gente, ya que era como muy orgullosa. En medio de toda la solemnidad mientras el padre leía el evangelio, pasó un borracho que desde la puerta de la catedral gritó a todo pulmón:

—¡Que vivan los novios!

# 6

# La bella y difícil vida

—Los declaro marido y mujer, puede besar a la novia. —Dijo el sacerdote echándoles la bendición.

Los esperaba afuera un jeep Willis tapado con cortinas blancas y flores rojas pegadas con alfileres, y en la parte de atrás, una cantidad de tarros de latas amarradas. Pero antes de subir los novios fueron bañados en arroz y confetti, como era la costumbre para significar abundancia y fertilidad con los hijos a venir.

Clarita se acercó a abrazar a Ramón y le dijo:

—Me la cuida mucho, es muy guapa pal' trabajo y ha sufrido mucho en la vida.

—No se preocupe doña suegrita, ella será la mujer más feliz de la vida. —Contestó Ramón.

Blanca Irene Arbeláez

Llegaron como a las dos a la casa en medio de globos, muchas flores y música de cuerda. Estaba listo el gran almuerzo al aire libre, en tres grandes mesas con manteles blancos, sobre las que las señoras contratadas para servir tenían ya dispuestas los platos de pollo rellenos, vegetales, arepas, vino *cherrynol*, salpicón y botellas de tapetusa. Al festejo lo acompañaba la pólvora, y todo parecía otra vez como en navidad. Siguieron muchas canciones, baile de parejas y ya cuando se venía la noche, Alba lanzó entre las solteras su yugo de novia tocándole la suerte de atraparlo a Carmela.

Al atardecer, cuando todos se despidieron, Alba alistó sus cosas y empacó los regalos que le habían traído, ayudada por sus hermanas y su mamá. Llegó entonces el momento de despedirse, y no pudo evitar las lágrimas. Abrazó a las muchachas y a los hermanitos pequeños mientras Ramón acomodaba todo en la mula que iba a cargar las cosas. Hasta Benigno salió a despedirla por primera vez mostrando un gesto de emoción sincera.

Partieron rumbo a la casita que tenían ya lista para vivir. Era el sueño de Alba por fin cumpliéndose. El aire de la noche, de su noche de bodas, le despeinaba los hermosos cabellos y parecía susurrarle muchas canciones de amor.

—Llegamos, mi reina —Dijo por fin él desmontando y ayudándole a apearse. Dejaron las monturas en el corral libre de aperos y cabezales que enseguida Ramón guardó en el cuarto de rebujo.

—Son las seis y media de la tarde, todavía hay un poco de claridad y se ve a lo lejos Manizales. Venga le muestro, mi amor. —Dijo Ramón. Ella se cambió de ropa y fue con él hasta la lomita desde donde se veía titilar la ciudad como

un tapete negro lleno de joyas relucientes. También se veía el resplandor blanquecino del nevado del Ruiz a lo lejos y desde él descendiendo entre los sietecueros algunos hilos plateados de aguas que seguramente irían a alimentar las quebradas del contorno, los cultivos de café en bajada, los platanales y los yucales que pertenecían a las familias de los dos.

Ramón le contó que esta pequeña finca se la habían escriturado a su nombre y que de ahora en adelante serán los dueños de *Aguaclara* para cuidarla y hacerla prosperar. La casa no se veía hermosa. Era pequeña, con dos habitaciones, una sala y cocina, pero con un gran patio. Alba pudo darse cuenta de que estuvo pintada de verde por las puertas escarapeladas y las  paredes de bahareque tenían unos parches de boñiga sin cal. El  techo estaba rojizo y musgoso por el tiempo que llevaba construída la casa. Un solo corredor largo y desolado, sin una planta, le indicó que allí hacía falta la mano de una mujer. Los mosquitos jején comenzaron a molestar a medida que oscurecía. Ramón, acariciándola la cara para espantárselos, le dijo entonces:

—Va a tener mucho con que entretenerse. Como sé que le gusta el jardín, mañana nos ponemos en la tarea de sembrar lo que quiera.

—Por supuesto que sí —Contestó ella muy animada, y luego entraron  en la habitación para desanudar los talegos con las cosas y los regalos recibidos.

Mientras avanzaba la hora, Alba empezó a recordar los consejos de doña Petra. La ansiedad comenzó a apoderarse de su cuerpo y espíritu. Debía recordar lo que doña Petra le recomendó al pie de la letra.

Ramón dio el primer paso, y acercándose para abrazarla de nuevo con más intimidad le dijo:

—¿Y ahora qué?

—¿Qué de qué? Vamos a la cocina. ¿Tiene hambre? —le respondió, y era obvio que estaba nerviosa porque sabía lo que le venía pierna arriba.

Al parecer no tenía hambre, lo que quería era otra cosa. Misiá Petra había abastecido la cocina con algunos trastos y mercado, leña seca, fósforos, velas y la caperusa. La habitación también estaba muy organizada para los novios.

—No se ponga a cocinar nada ahora, con un chocolate y tostadas tenemos...

Mientras el fogón cogía fuerza, se sentaron en la banca de la cocina y empezaron a besarse.

—Ramón, cariño, tenga paciencia conmigo...

—La tendré, mi reina, sé cómo hacer mis cosas. Nada ocurrirá si no quiere usted.

Disfrutaron su primera merienda juntos en aparente calma. Pero Ramón se levantó de pronto, la tomó en sus brazos y olvidó que había que lavar las tazas untadas de chocolate y se dirigió con ella a la cama pecadora. Ella pensó: "¡Dios mío!... Qué hago, no...pero esta noche todavía no, no puedo ser tan culipronta, pensará que soy una cualquiera"...

Pero como Ramón no paraba de besarla, sus fuerzas para resistir la tentación fueron debilitándose. Él la descargó sobre la cama y entonces Alba no tuvo más remedio que decirse:

"Qué pena misiá Petra, pero yo no voy a ser tan pendeja de aguantarme estas ansias, total quién va a saberlo"…

Los primeros luceros de la noche y el sonido de los insectos nocturnos parecían estar también acompañándolos muy cómplices. Alba sintió alguna incomodidad junto a su ombligo. ¿Sería una linterna que tenía Ramón en el bolsillo? …En su ingenuidad apenas estaba empezando a darse cuenta por dónde iba el agua al molino. Ramón comenzó a decir ciertas palabras y a echarle unas miradas tan perturbadoras con sus ojos verdes, que no tuvo más que adivinar. Él continuó besándola con ardor no sólo en la boca, sino por todo el rostro, en el borde de las orejas, bajo el cuello, y fue deslizándose hasta sus senos, abrazándola cada vez más ansioso hasta casi asfixiarla. Tenía una lengua bastante inquieta este Ramón, como la de un animal salvaje. Aparte de lamerla desde las mejillas hasta el ombligo a medida que iba desvistiéndola, también le daba mordisquitos en los dedos y las puntas de sus pezones de "novillona", como la habían llamado una vez. Ahora sí que le sacaba gusto a esa palabra.

—Va a hacer mía completica esta noche, va a saber lo que es tamal con chocolate —Dijo Ramón como apurado entre besos y suspiros. Con las manos de experto cosechero siguió delineándole cada curvatura de la piel, y con ellas llegó hasta el fino vello de su pubis. Allí los dedos se detuvieron un instante antes de continuar descendiendo en busca de la flor ardiente que para él estaba reservada. El resto de la saya, corpiño, miriñaque y calzón cayeron por el suelo mientras los cuerpos se encontraban por fin a sus anchas. La agitación de sus corazones iba creciendo. Ella abrió las piernas como un compás alrededor de la cintura de él que entonces fue tomando posesión de sus últimas intimidades. Ya no era más dueña de sí misma, ahora su cuerpo estaba habitado por él que sin compasión entraba y salía, al principio con delicadeza y

luego con toda la energía y el ritmo que la juventud le daba. Él fue como un ladrón penetrando en la fortaleza más secreta, y al retirarse dejó desparramados los rubíes del tesoro por los alrededores. Las sábanas así lo testimoniaron. El sueño los venció luego mientras los grillos de la noche continuaban cantando su serenata bajo los luceros.

En la mañana cuando se levantaron, Alba se sintió un poco avergonzada. No dejaba de reprocharse haber sido tan fácil la primera noche. Pero se consoló con lo bueno que había sido para los dos. Cuando Ramón llegó a la cocina, ella se tapó la cara con timidez, pero él besó y le dijo:

—Bobita, ya se acostumbrará. Usted es una gatica hermosa.

—Y mañana lunes… ¿Toca madrugar? —preguntó ella entonces.

—No, cariño, hay cinco peones nada más y ellos comen en sus casas, ahora no hay cosecha,  aquí sólo les damos algo de tomar para la sed.

Ese domingo se fueron luego del desayuno para misa en la catedral de Manizales y allí se encontraron con las hermanas de Alba. Almorzaron muy animados en compañía de ellas y aprovecharon para conversar un buen rato.  Se despidieron y regresaron a la finca, a su nido de amor. Toda la semana transcurrió en luna de miel. Cada día que pasaba se sentían más felices. Entre los dos organizaron la casa, arrancaron las malezas, consiguieron plantas para sembrar, como: zapato de obispo, princesas, claveles, corona de cristo, geranios y helechos. En la mitad del patio había una carreta vieja que llenaron de matas de auroras de varios colores. Misiá Petra les mandó una pareja de gatos muy bellos a los que pusieron

por nombre Emilia y Simón.

Los animales disfrutaban mucho en el campo, y en especial los gatos, a quienes les gustaba el jardín y el orden. Algunos vecinos de la vereda vinieron a saludarlos y se fueron haciendo amigos de Alba, pero en la loma cercana había una casa donde habitaba una mujer extraña que nunca había venido a saludarlos, ni se había puesto a la orden para nada. Ramón le decía a Alba que se tranquilizara por ella, que no había necesidad de conocerla, que no valía la pena.

En la huerta abundaban las plantas aromáticas y medicinales y Alba, en un cuadernito, tenía apuntado para qué servía cada una. Entre las propiedades más curiosas que tenían esas plantas estaban por ejemplo: ahuyentar moscas y zancudos, curar cólicos, el insomnio, la indigestión o un dolor de muelas, cuando no prevenir el mal de ojo y otras cosas más. Por la mañana Alba se sentada en el corredor para no perderse la tertulia de los gorriones repartidos en comités debajo del árbol pequeño que había a la entrada de la huerta.

—¿Qué pelea es esa tan ruidosa? —decía Ramón — Parece riña de políticos.

La huerta se veía fértil y muchas plantas llegaban a su madurez, así que Ramón puso un aviso: "Se venden plantas medicinales". Y además, empezó a organizar mejor el gallinero, haciéndole más espacio para albergar pronto varias culecadas de pollitos que al crecer, llenarían de cacareos la casa y también de rilas por todos los corredores.

Al fin Alba comenzó a sentir los mareos y náuseas del primer embarazo. De inmediato doña Petra hizo la contrata con doña Matilde para que todos los días vaya a visitarla con el pretexto de llevarle la mazamorra, pero al mismo tiempo,

de darle vuelta y contarle sobre el estado de su hija cada día. Le regaló una novilla próxima a parir a fin de asegurarle algo a su descendiente y para que además pudieran tener leche suficiente para el gasto sin tener que comprarle más a los vecinos. Le pusieron por nombre a esa vaca *La Pinta*, ya que tenía unas manchas negras muy bonitas. Como le faltaban pocos días para parir, Alba le lavaba la ubre y se la masajeaba con agua tibia y sal cada mañana. El parto de la vaca fue anunciado por el escándalo que armaron en el caballete de la casa, Emilia y Simón, una mañana. Ramón fue a ponerle un costal para recibir el ternerito que salió muy bello aunque tembloroso, para de inmediato buscar la teta. La vaca se comió la placenta y pronto se veía muy contenta con su hijo caminando por el potrero.

Pasó algún tiempo, mientras Alba seguía cuidando su embarazo. Carmela anunció entonces su matrimonio y también comenzaron para ella los preparativos. Al fin de los dos meses, vino la boda. Alba y Ramón asistieron muy contentos a esa ceremonia. Carmela lució sencilla como era pero muy bella, con su piel blanca y sus ojos negros y tristones. Tal vez no hubo tanta pompa como la que ella tuvo en su casamiento, pero todo salió muy bonito y el Benigno se vio muy feliz aunque seguía empeorando de diabetes, esa enfermedad que había aparecido después de tantos percances. Acabada la ceremonia fueron un rato a la fiesta, pero Alba no se sintió del todo bien. El embarazo estaba avanzado ya y no se sentía tan cómoda como antes.

—No se entretengan en el camino que todavía andan dando bala por ahí, cuidado. —Dijo Clarita al despedirlos.

A la semana comenzaron los dolores, pero esta vez no quisieron llamar a la partera. Alba no tenía buenos recuerdos

de los que había visto antes con esa señora, y prefirieron ir hasta el hospital en plena noche y en medio de un aguacero tremendo. Hacia el amanecer nació entonces una niñita hermosa a la que de inmediato acordaron darle el nombre de Perla. Alba le encontró parecido con Ramón y estuvo mirándola mientras la amamantaba con una ternura y una felicidad inmensas. Misiá Petra vino a cuidarle la dieta, ese periodo de cuarenta días en cama que entonces era de rigor. Como de costumbre, fue muy amable y dulce con ella. Estaba feliz con su nieto. Durante esos días, precisamente, Ramón se daba unas perdidas muy misteriosas que a Alba no se le pasaban inadvertidas.

Después de los cuarenta días, cuando doña Petra se fue, comenzó para Alba su nueva vida de madre. La niña era preciosa y Alba se sentía realizada. Era una alegría amamantarla, cambiarle y lavarle los pañales. Y atender de nuevo todos los pequeños detalles de su hogar. Una de esas tardes, muy agradecidos con la mazamorra que tan deliciosa comió durante todo el embarazo y la dieta, ella y Ramón quisieron ir a saludar a misiá Anatilde, que ya estaba entrando en sus setenta años. La encontraron sentada en una banca de la cocina y les ofreció una taza de mazamorra.

—¡Usted sí es muy guapa…todavía pilando el maíz!…— Dijo Alba, como para halagar a la señora.

—No, mijita, yo no tengo alientos de hacer eso, el que hace todo aquí es Toto, mi hijo, que allá está pilando el maíz para mañana...

Fueron a mirar, y en efecto, detrás de la cocina estaba Toto, agarrado con ambas manos del mazo del pilón. Tenía unas ronchas rojas irritadas en las piernas causadas por las picaduras de los zancudos, y el problema crónico de sinusitis

111

que padecía le hacía  moquear todo el tiempo: las babas se le salían por las comisuras de la boca y sudaba a chorros. Todos estos líquidos caían al maíz pilado directo  a la olla con el agua y la lejía en que se cocinaba. "El inocente come mierda", pensó en el acto Alba sintiendo que las tripas se le revolvían.  Ramón la miró y sonrió con socarronería, pero era ya tarde para lamentaciones. La mazamorra con mocos y sudor le habían dado ese toque saladito que ella había disfrutado por meses…

La vida en adelante hubiera seguido transcurriendo en santa paz para ellos sino fuera porque entonces Ramón comenzó a llegar tarde los domingos, según decía él mismo, porque se iba a jugar tute con unos amigos vecinos; otras veces, decía, porque se iba a  serenatear por ahí, para distraerse. Llegaba a las seis horas de salir, y a veces, entre semana, se levantaba a las cinco de la madrugada  y salía apurado sin saberse a qué para regresar más tarde con cara de yo no fui.

—¿Cuál es la desconfianza? Deje esas bobadas que estamos casados, usted es el centro de mi vida, tenemos un hogar y es lo que importa.
—Contestaba él como si nada.

Sin embargo, el mismo Ramón no dejaba de celarla, de cuidarla a cada instante como a su joya más preciosa. Uno de esos domingos, después de la misa de mediodía a la que seguían yendo en Manizales, ella le pidió:

—Entremos a la farmacia que necesito algo para las manchas de embarazo.

—Mi reina, trátese eso con jugo de limón —Dijo él como con cierto afán.

—No, es que usted no sabe de cuál necesito. —Insistió ella.

—Pues entremos los dos entonces —repuso Ramón como disgustado. Y mientras ella preguntaba por la crema al dependiente, se quedó él parado junto a la puerta. En estas, un hombre desconocido empezó a carraspear cerca de ella como para llamar su atención mientras la miraba con algo de malicia por detrás. Ramón, entonces, se dirigió al hombre y muy cerca de su oído le masculló:

—Esa tosecita se le quita comiendo mierda de perro…

El hombre se quedó pasmado, sin palabras y medio descolorido. Ella, en cambio, fingió no darse cuenta, pero lo había oído todo.

—Mira, ésta es la crema, "Piel de armiño con hidroquinona al 2%". Después de limpiarme la cara con jugo de limón, esto es lo mejor, pero en la noche.

Emprendieron camino a *Aguaclara*. Los caminos eran un poco más seguros últimamente desde que subiera al poder el general Rojas Pinilla. La guerra política parecía estar llegando a su fin después de más de 200.000 muertos. Por esos días fue cuando Alba empezó a percibir, a sospechar cambios extraños en Ramón, comportamientos que tenían que ver con una mujer. Un día sintió un perfume a pachulí en su camisa, e incluso le vio una mancha de labial en el cuello.

—¿Y qué significa esto, Ramón? —Le preguntó Alba furiosa, a lo que él no tuvo una explicación en ese momento. Luego enredado y con voz insegura, respondió:

—Ah, humm, alguna vieja que me saludó y ni cuenta me di.

Era Adelina, la misteriosa mujer, aquella vecina solapada la que ahora estaba ofreciéndole servicios sexuales a Ramón sin que Alba se enterara. La misma que el día de matrimonio entró a la iglesia taconeando, y cubierto el rostro con un velo y el cabello recogido bajo un sombrerito elegante. La misma que un día, según descubriría la propia Alba al leer por casualidad un cuaderno de diario de él, le había iniciado sexualmente cuando trabajaba como prostituta en un burdel. Al parecer Ramón continuó con ella una relación de amantes que desde entonces nunca cesó. Relación que incluso, mientras sostenía noviazgo y compromiso de matrimonio con Alba, no dejó de mantener. El encanto era más intenso ahora que nunca, según lo empezó a ver Alba con amargura ya que hasta delante de ella, hacía elogios a la mujer, como "buena vecina", tan sola y con tres muchachitos. Llegó al punto de proponer ofrecerle vivir con ellos en la casa con sus hijos. Como era natural, Alba se mostró ofendida, y no aceptó. No obstante, como buena cristiana, Alba le regaló huevos, cebolla y algunas de las frutas que producía la finca. Pero la mujer no tenía intenciones de respetar su matrimonio. Por el contrario seguía enredándole la vida a Ramón, haciéndole chismes hasta con el chofer que le compraba las ramas aromáticas. Así que tuvo que decirle a ese señor que dejara de venir a su casa para evitar problemas.

Ese año no había sido del todo bueno para Alba, porque había vuelto a embarazarse y, cuando nació su segunda niña, Amanda, Ramón se había descuidado más en sus deberes como esposo y padre. No traía el mercado suficiente y se lo pasaba afuera. Alba tenía entonces que ayudarse con lo que cultivaba en la huerta para alimentar a sus hijas y vender

pequeñas cantidades de café para comprarles ropa. Ramón, abiertamente, ya no disimulaba su relación con Adelina, y ni comía en la casa. Doña Petra lamentó mucho ese cambio de Ramón, pero sólo alcanzaba a consolar a Alba diciéndole que tuviera paciencia con él, que esos eran caprichos pasajeros y que a lo mejor iba a recapacitar. Alba se llenaba de rabia cuando iba al gallinero hacia las seis de la tarde y notaba la ausencia de una o dos gallinas o pollos que él seguía llevándole a la mujer. Y cuando de pronto le preguntaba a él por esto apenas sí respondía:

—Pues será la chucha que se las está comiendo…

De las dudas la sacó una vecina que a propósito de las gallinas, le contó que ella tenía también las suyas y nunca se la había perdido ninguna. Que por allí no había chuchas. Y le terminó de contar:

—No es que sea chismosa, a mí no me gusta meterme en la vida de nadie, pero me da pesar ver cómo es usted de trabajadora y que esa vagabunda de Adelina ande con su marido y lo explote de esa forma, además, se dicen muchas cosas de ella, que esconde algo muy oscuro…

—¿Cómo? —exclamó Alba sorprendida.

—Así como lo oye, esa mujer trabajó en un bar, atendía a los caballeros pero sólo a los que ella elegía, hacía como cuatro años, y aquí entre nos, me confesó que se presentó en la iglesia el día de su matrimonio pa' felicitarlos.

—¿Y es que usted es muy amiga de ella?

—Pues amiga muy amiga, no. Pero en estos días me ha llamado para que le mate gallinas que según ella su marido

le ha llevado para que se cuide, porque hace poco tuvo un niño…

—¿Por qué resultó viviendo por estos lados? —Preguntó Alba con ingenuidad.

—Ella se vino del pueblo porque el dueño del bar donde trabajaba tenía una hacienda y le ofreció vivir ahí en esa casa con tal de mantenerla limpia y de paso para que se saliera de esa vida tan arrastrada, pero yo creo que con él también debe tener sus asuntos.

Y agregó la vecina:

—Ella tiene otros dos muchachitos pero ni sabe de quién son, porque ahí donde ella entran diferentes señores, entre ellos su marido, muy madrugadito, lo he visto con estos ojos que los han de comer los gusanos. Pero misiá Albita, no la quiero atormentar más, ahí le dejo la inquietud, usted sabrá mejor qué hacer.

—¡Maldito perro vagabundo!...Y yo creyéndolo un santo…No le diré nada, no se preocupe…

Una noche de sábado Ramón no había llegado. Alba entró en la habitación donde dormían las niñas para cerciorarme de que estaban bien y luego fue su habitación. Cuando quiso cerrar la ventana, vio a una persona, medio cubierta la cara y con sombrero que le apuntaba con una escopeta. El instinto la hizo agacharse y agarrar una linterna. El susto, la sorpresa, le dio energía para reaccionar entonces y buscó la escopeta que tenían colgada detrás de la puerta. Se acercó despacio a la ventana y vio a la figura humana corriendo entre las sombras. Hizo entonces un disparo al aire para acabar de ahuyentarla y enseguida se puso a pensar quién sería y porqué había intentado matarla. Una duda grave,

una corazonada cruel la embargó. Esa silueta podía ser la de Adelina que ahora se atrevía a intentar sacarla del medio, no había otra explicación. "Si eso es así, mejor me largo pal' carajo de una vez con mis niñas, y no me vuelven a ver ni en pintura", pensó Alba llena de coraje. Y empezó a organizar sus cosas.

Esa misma tarde  fue a buscar a la tal Adelina para darle su merecido antes de marcharse. Le dijo hasta de qué se iba a morir pero al final no se atrevió a agredirla físicamente. Por supuesto que ella negó todo, y dijo que Ramón era muy bueno con ella pero sólo como vecino. Alba observó la casa buscando pistas y  vio que sí tenía una  escopeta. También descubrió un pañuelo con las iniciales de Ramón, olvidado por él seguramente en su última visita. Pero la prueba contundente era el niño que cargaba en sus brazos, pues Adelina era morena, y la criatura era muy blanca, de ojos verdes, igualita a Ramón.

Regresó callada a su casa, y trató de esconder su cólera hasta el punto de servirle la comida a Ramón como si nada hubiera pasado. Cuando acabó, le contó el incidente que había vivido esa mañana. Pero él no le creyó o atribuyó el hecho a un ladrón que tal vez pasaba por allí. Y cuando ella le reveló sus dudas sobre Adelina, se limitó a defenderla y a decir que ella sería incapaz de hacer algo así. Que todo eso eran imaginaciones suyas, que dejara la bobada. Esa noche, como para desviar su atención Ramón le contó que tenía problemas con un vecino por los linderos. Que a lo mejor… eso podía ser. Alguien enviado por él para asustarlo. Alba sí sabía que el vecino había sembrado en unos metros de la finca en forma ilegal y que Ramón le había hecho el reclamo sin que el vecino solucionara nada. Por eso se quedó callada, pensando. Ramón notó sin embargo que ella estaba muy retraída y no quería que la tocara siquiera. Alba pretextaba un

fuerte dolor de cabeza para rechazarlo. Sentía que él estaba contaminado por la piel de Adelina, y no podía perdonárselo. En realidad Alba estaba planeando ya cómo dejarlo, cómo salir de allí  con sus niñas para no seguir en esa situación. Para completar, mientras buscaba en el zarzo una maleta que estaba pensando llenar con sus chiros, se encontró con un baúl que Ramón mantenía siempre bien cerrado y en el cual según le dijo un día, guardaba sus primeros escritos. En ese momento le picó más la curiosidad y sin dudarlo, abrió la cerradura ayudada con un cuchillo. El baúl se abrió y en efecto, allí se veían varios cuadernos escritos a mano con la letra de Ramón. Estaban los poemas que él le copiaba cuando empezó a conquistarla y también otras cosas. Un cuaderno azul muy bien forrado en papelillo le llamó la atención. Vio entonces que era una especie de relato o diario en forma de cuento, sin título que sin pensarlo dos veces, comenzó a leer:

".... y con las ganas que tengo, me empieza a aburrir el padrecito con tanto sermón. Hasta que le digo, con la sinceridad que me sale en el momento:

—¿Pero, padre, irme para el seminario? ...Lo que quiero es hacer algo diferente, como estudiar y aprender un arte, además mi vida sexual sería anulada por completo y con las ganas que tengo de tener mi primera experiencia, yo no voy a aguantarme padrecito, mi mano ya tiene callos y quiero conocer las delicias del placer carnal.

—¡Hombre de Dios, pero qué cosa dice! ... ¡No blasfeme en la casa del Señor!...

Me miró con sorpresa mientras le cambiábamos de ajuar a la Virgen del Carmen, y después de un momento de silencio, me dice:

—Está bien, si en serio no tiene vocación, mejor decida su vida de otra forma, ya pronto cumplirá los veinte años y tendrá la suficiente madurez para saber elegir lo que más le conviene.

Esa semana  reclutaban muchachos para el ejército, pero de esa me salvé, aunque en cualquier momento me va a tocar. Sólo  me faltan dos meses para cumplir los veinte, los cumplo el veintitrés de marzo.

Tengo que hacer algo que me parece bien antes de cumplir la mayoría de edad. Pienso que, ante todo, soy un poco machista. Eso  lo tenemos todos en el fondo. Le dije a mi mejor amigo:

—Paco: lleváme a la casa de las muñecas, porque están reclutando para pagar servicio y la verdad prefiero entregarme por mi propia voluntad.

—Ah, es verdad, menos mal que yo pasé por eso. No sea que lo estrenen allá, aunque no siempre es así.  Pero si quiere probar la fruta prohibida, lo voy a llevar donde una damisela que yo conozco, me la he dormido varias veces y está muy buena la condenada, y es muy generosa —contesta Paco.

Salimos en la tarde ese miércoles al bar donde trabaja una tal Adelina.  Entramos al antro y hay pocos clientes. Ella está sentada sola y espera por compradores de momentos de pasión. Me siento  un poco nervioso, pero me decido. Me froto las manos y miro para todos lados. Con paso inseguro avanzo hasta el objetivo.

—Buenas noches, muchachas —dice Paco y se acerca a una de ellas. —Vean, les presento a Ramón.

—Buenas tardes ...Seño…señorita. ¿Cómo está? —le digo sin estar muy seguro precisamente, a Adelina, que se ve muy atractiva con ese escote y las piernas cruzadas junto al mostrador. Me sonríe y con una voz melosa me dice que la invite a una botella de ron.

—Bienvenidos entonces. Y qué milagro, Paco, tiempo sin verlo por estos lados, o es que ya no lo dejan salir a divertirse —Dice ella.

Me doy cuenta de que esta mujer es la que llaman por estos lados *La Amazona,* y sé que es muy peligrosa. Pero ya no hay tiempo de arrepentirse.

—Ja, ja, ja, ja, no crea, son las ocupaciones y la situación económica, mi negrita. Pero usted sí que está cada vez mejor. —Le dice Paco mirándola de pies a cabeza.

Mi mirada se va directa al pecho de esta mujer. El corsé apretado deja poco a la imaginación. Después de conversar un rato, Paco saca como excusa que olvidó atrancar la puerta trasera de la casa. Pero entre nosotros sabíamos la estrategia, así que se va y nos deja solos. Estoy asustado y presiento que voy a caer en las garras de una loba.

—Bueno papacito, pero usted sí me va a hacer compañía un rato, ¿verdad? —Me dice mirándome con esos ojazos negros que aunque confundían por el pequeño defecto de estrabismo, me cruzaban el alma hasta lo más bajo de mis pantalones.

—Sí, sí, claro que sí. Me quedo un rato más con usted, Adelina. —Contesto sin poder disimular el nerviosismo.

Mi experiencia es casi nula, he tenido dos noviecitas y

nada de juegos eróticos, sólo agarradita de mano sudada y besitos. Ahora no se me ocurre cómo actuar, imagino que debo dejarme  llevar por el instinto y por ella que es la experimentada.

Entre copa y copa, me invita a bailar para unirnos en fervor. Una vez en la pista, la abrazo mientras nos engatusamos con las baladas y ella se deja llevar por la música, enreda sus dedos en mi cabello, cosa que me pone eléctrico.  La sangre fluye más rápido y el músculo cardiaco trabaja a punto de la taquicardia. Así que la acerco con todo mi ser hasta quedar confundidos en un solo cuerpo y bailamos en un solo cuadro de baldosa.

Volvemos a la mesa después de dos canciones y empezamos a besarnos sin muchas palabras. Ufff, pero qué calentada tan tremenda.  Ahí le digo que cuánto son los honorarios por una hora de servicios especiales, y ella me susurra al oído:

—Para usted, papito, son apenas 20 mil pesitos. Paga lo del ron, la pieza, y nos vamos ya.

Llamo a  la dueña que atiende para pagar la cuenta y Adelina me guía al cuchitril donde las paredes huelen a sexo, grabados los suspiros y orgasmos fingidos, pero es su lugar de trabajo. Me consuelo porque veo que soy uno de los primeros clientes que llegua esta noche.

Hay una iluminación  de parafina purpúrea en el cuarto, una mesita con un cántaro, una cajetilla de cigarrillos Pielroja, fósforos y una buena cama cargada de pecados tendida con una colcha verde, un lavamanos y una toalla con un pequeño jabón Reuter. En la esquina de la cama tienen una escopeta cargada y un látigo de rejo con le pegan a los caballos.  Sin

embargo, se siente un olor a mujer por el perfume barato que impregna el cuarto.

Cerramos bien la puerta, nos abrazamos y se siente muy agitada la respiración cuando empieza la lucha de lenguas. La despeino toda. Ella deja caer al suelo su túnica y faldón rojo. Le ayudo a quitar el corsé; casi me desmayo cuando veo esas esferas tan suaves y tan grandes. Me ve mirándola con la boca húmeda y me dice:

—Qué le pasa, ¿no le gustan mis montañas?

—No es eso, Adelina, lo que pasa es que nunca he escalado cerros y estos parecen volcanes a punto de erupción. "Semejante par de melones tan grandes", pienso y agrego: —Debo confesarle que es la primera vez que voy a hacer el amor, me disculpa la ignorancia, no puedo contener los deseos de tenerla. Lo que pasa es que me quiero presentar para pagar servicio militar, y quise venir a probar esto primero, no sea que me den pesadillas en el cuartel.

—¿Cómo? ¿Que nunca ha alzado la patica? ... Humm, pues yo le voy a enseñar, mijito. No se preocupe. En esto yo sé cómo quitarle esos nervios y lo voy a hacer el hombre más dichoso, tanto que va a querer volver, se lo aseguro, y el día que se case, tendrá la luna de miel más dulce de su vida, si es buen alumno y aprende.

Se va quitando el resto de la ropa interior con sensualidad y luego sigue conmigo hasta quedarnos como Adán y Eva en el paraíso. Coge el látigo y me pega más bien suave un par de veces en las nalgas, pero lo hace como parte del ritual. Luego me pide que haga lo mismo con ella.

Somos dos pieles candentes con el apetito a flor de piel.

No hay amor, sólo deseo y una necesidad física urgente. Hago todo lo que ella me indica y también lo que el instinto de macho me dice.

Ella prende una vela cuya luz débil da un aire misterioso a su rostro y su cuerpo tendido en la cama. Me rodea el cuello con sus piernas y me atrae hacia ella con todas las fuerzas. Continuamos acariciándonos pero es ella la que mejor lo hace. Sus manos despiertan todos mis ímpetus. Alcanzo a verle, mientras la beso, la cicatriz de un navajazo en la frente que a pesar de todo hasta le luce. Siento que está agitada y me dice cosas en monosílabos que me calientan más aún. Trato de hacer lo mismo con ella, pero no tengo más que dejarme llevar como por un río cuando uno se echa a nadar. No queda un espacio que su lengua no visite deslizándose por todos los músculos y llegar a mi pene erecto y brillante como para devorarlo lentamente...

—Ahora, Ramón, repita la tarea—...Se abre frente a mí como una alondra con las alas desplegadas y no dudo en sumergir mi boca en su sexo, lamiéndola de la misma forma como si degustara la más deliciosa de las frutas... Es una fuente para mi sed, un elíxir que alimenta aún más mi urgencia de poseerla mientras mis manos vuelan sobre sus senos inquietos, su ombligo, sus caderas, sus piernas arqueadas en la semipenumbra...

Cuando la respiración se acorta y la taquicardia aumenta al máximo nos miramos profundamente a los ojos. Y sin más esperas, ella va guiando hasta su centro el objeto principal de sus deseos. Ni las olas del mar se agitan como nuestros cuerpos en esos momentos. Y arremeto con todas mis fuerzas, una y otra vez dentro de ella que parece moverse como una barca en el centro de la tormenta bajo mi empuje. De pronto, cuando estoy a punto de estallar, hábilmente me levanta de sí

y mi lluvia fogosa revienta sobre su rostro copiosa y cálida. Su lengua y sus labios se deleitan con cada gota mientras parezco ir cayendo lento como en el mar.

—Esto es morir lento, siento vértigo, pero es el placer más grande que haya podido experimentar en mi vida. ¡Qué cosa tan exquisita!...—Alcanzo a medio decir mientras ella revela en su cara una profunda satisfacción.

La beso otra vez. Descanso sobre su cuerpo no sé cuánto tiempo y de pronto miro el reloj:

—¡Carajo…se pasó el tiempo!....—Le digo. Pero ella responde que me regala una hora más, porque la noche está aplacada y casi no hay parroquianos.

—Usted, Ramón, no ha sido un cliente cualquiera, me ha tratado con tanta ternura y con una pasión que no he conocido en otros tipos. Esos pájaros y chusmeros que vienen del cerro me tratan como a una zorra, de ahora en adelante usted será mi cliente especial.

—¡Qué pena señorita!... Soy yo el sorprendido, muñeca, si esto es sin estar enamorado, como será uno bien tragado y estar en el limbo de esta forma.

Pero aún desnudos en el catre, y como falta media hora para cumplir las dos, recomenzamos la ronda.

Cuando estamos saciados y exhaustos, nos levantamos y nos vestimos.

Sin ninguna duda, estoy seguro, después se tiró a otros diez mortales después que me fui. Pero me sentí por fin un hombre completo. Como si esta experiencia hubiera sido

con una novia y no con una prostituta. Como sea, ella me dejó marcado para el futuro. Jamás olvidaré esta mujercita y la buscaré cuantas veces pueda.

Esta misma semana me presento en el batallón Simón Bolívar. Me reciben y estoy por dos años para pagar el servicio militar como todos los varones de este país. Hay temores y mucho estrés en el país, pero hay que ser valiente y tener fe de que se sale con vida de esto para cumplir como ciudadano y como hombre.

Al término de este tiempo, aprendo a tocar guitarra y a veces canto, mis compañeros dicen que lo hago muy bien, y creo que le sacaré provecho a esto cuando salga, incluso como alternativa de trabajo.

Al llegar a la casa de mi madre todos se alegran de verme hecho todo un soldado. Pero esa misma semana vuelvo donde Adelina, la mujer que me ha enseñado por primera vez lo que es el sexo verdadero. Pero reconozco que no es la hembra que busco ni la que le gustaría a mis taitas. Me digo para mí mismo: "Está muy encantadora, pero vaca ladrona no olvida su portillo. A mí la que me gusta es la feligresa del manto negro que se sienta en las últimas bancas de la iglesia.

Una noche escucho el relincho de un caballo rondando a los alrededores de la casa, no se sabe quién es, pero sé que debo defender la familia como me enseñaron en el cuartel y me dispongo a salir.

—¡Es de noche, hace frío y llueve, por favor no salgas muchacho! —dice mi mamá bastante preocupada.

Ella de inmediato prende una veladora al milagroso para que me proteja de todo mal y peligro y se hinca de rodillas

a rezar.

—No conozco el miedo, además, la calle y la noche se hizo para los varones berracos —le contesto. Me preparo con mi escopeta recortada, un puñal amarrado a la pierna y un líchigo con algunas municiones aunque soy consciente de que la violencia contra la violencia es lo que nos tiene así a todos. Pero no hay alternativa. Hay que defenderse. Quieren acabarnos a todos desde que mataron a nuestro máximo líder. Todas esas agresiones, asesinatos, violaciones, persecuciones y humillaciones han asolado estos lugares. Nos toca a los hombres y a veces hasta a las mismas mujeres hacernos matar por defender nuestras familias.

—Tranquila mija, por estos lados todo está más calmado, Ramón es muy inteligente y prevenido, eso es todo. —Dijo mi papá.

—Los chulavitas están es por el lado de Boyacá y Cundinamarca —Vuelve a decir.

—Ay, mijo, pero están esos Pájaros de El Cairo, y de esos vienen por los lados de Armenia, se deslizan por Apía, Santuario y por estos andurriales —Comenta mi mamá todavía asustada y con la camándula en la mano.

—Bueno, que sea lo que Dios quiera, que le vamos a hacer, a este muchacho lo de poeta  no le quita lo berraco. -Dice mi papá en tono más realista.

— ¡Pero por qué es tan terco!..¡Jesús, María y José! Que la Virgen lo acompañe y me lo traiga con bien —Exclama mi madre marcándome con los dedos una cruz en la frente. Doy media vuelta y salgo para enfrentar lo que venga con la escopeta lista y el machete empretinado mientras ella atranca

bien la puerta desde adentro con un horcón.

Pero una hora más tarde, regreso, muy mojado por la lluvia, eso sí. Les digo que tal vez era un vecino que andaría por ahí haciendo ruido en la oscuridad. Eso sí, repito, si me toca volver a salir, salgo.

Mi vida vuelve a la normallidad y mientras le colaboro al padrecito en la catedral, veo que la mujercita que me gusta sigue yendo a misa los domingos. Viene con otra muchacha que tal vez sea su hermana. Me hago el propósito de conquistarla, de hacerme ver de ella así sea poco a poco. ¿Será ella la dueña de mi corazón, la compañera de mi existencia? Por ahora sólo puedo tenerla cada noche en mis sueños húmedos y solitarios.

Empiezo a salir con la guitarra a cantar en los locales comerciales: heladerías y restaurantes, canto con sentimiento y en cada nota dejo mostrar ese cariño a mi gente. Me ven algunas veces con el cuaderno escribiendo estrofas sentado en el atrio de la iglesia o sentado en el parque bajo la sombra de los samanes.

—¿Para quién escribes tantos versos? —Me pregunta el padre Aristóbulo.

—Aún no tienen dueña estos poemas míos, pero presiento que pronto los tendrán. —Le respondo.

—¡Ah, pero qué romántico salió! Y no creo que Caperucita vaya a buscar por su propio gusto al lobo...—Replica el padre Aristóbulo con cierta ironía.

—Quiero cambiar esa imagen tan injusta que tienen del lobo. —Digo yo.

—En conclusión creo que como cura hubieras resultado enamorando hasta a las monjas de la caridad, ja, ja, ja, ja... De la que nos escapamos... Mejor es que el Señor te bañe con su santa sangre y te proteja siempre de esass locuras que vas a seguir haciendo...Ojalá que una mala ráfaga no interrumpa el vuelo del águila que sos. Recuerda que estamos viviendo una época muy mala en este país... —Termina de sermonearme el padre.

—No padrecito, no se preocupe, yo sé velar por mí mismo. —Le contesto".

Alba terminó de leer todas esas páginas con los ojos llenos de lágrimas. Le daba tristeza comprobar que su Ramón había tenido esas primeras experiencias precisamente con la mujer que ahora le estaba dañando el matrimonio. El corazón se le arrugó y quiso quemar ese cuaderno e incluso los poemas que ahora le parecían tan falsos...Pero optó por volver a meter todos esos cuadernos en su sitio, cerrar la tapa de ese baúl y olvidar todo eso del mismo modo en que quería olvidarse de las amarguras que ahora pasaba junto a él.

Ese viernes al atardecer el silencio del campo fue roto por voces que se agitaban cada vez más por el lado de los linderos. Era Ramón discutiendo con el dueño de la finca vecina. Alba trató de llegar rápido hasta el lugar pero las ramas de los árboles apenas le permitieron ver la escena que de pronto se hizo más violenta. El viejo Pepe Murillo blandía amenazante su machete y ni corto ni perezoso Ramón hacía lo mismo. Alba sólo pudo ver cuando el viejo le asestó un machetazo en el costado y parte del brazo izquierdo a Ramón que cayó al suelo gritando:

—¡Hijueputaaaa acabame de matar, si sos tan berraco!...

Fue entonces cuando el viejo alzando el machete con intenciones de cortarle el cuello a Ramón, cayó herido por los balazos que alguien le hizo desde algún matorral. Alba se acercó sin importar el peligro para auxiliar a los dos hombres.

—¡Pero qué hiciste Ramón!...—le dijo Alba a su marido que aún seguía en el suelo manando sangre de sus heridas mientras el viejo Pepe Murillo dejaba de respirar a causa de los impactos recibidos en el pecho.

—Te juro que esos balazos no los hice yo, viste que yo sólo tenía machete...Alguien disparó, no sé quién. Y si no el muerto hubiera sido yo en este momento...

Hubo que hacer llevar a Ramón con algunos vecinos a Manizales para que lo curaran esa misma noche. Al viejo Pepe le hicieron levantamiento hacia la madrugada. Y ya en la mañana, cuando Ramón salía del hospital, fue detenido por las autoridades acusado de asesinato. De una vez lo dejaron en la cárcel local mientras seguía adelante la investigación.

Al día siguiente, pese a sus últimas dudas, Alba fue a visitarlo a la cárcel, pero se encontró con que ya estaba allí en visita conyugal, nadie menos que la misma Adelina, lo cual terminó de llenarle la taza a Alba que, en medio de las lágrimas y la rabia, le dejó una carta con el guardián, que decía:

*"Ramón, que Adelina lo saque de los apuros en lo que ahora se ha metido, vaya uno a saber si es por los linderos o por ella que se pelearon ustedes, tal vez discutiendo por la paternidad del bastardo que tiene ella ahora. No me busque más, no puedo soportar que me haya engañado de una forma tan vil, al punto*

129

*de robarme hasta las gallinas para dárselas a esa
sinvergüenza. Ya supe que ella ha sido su maestra en
el arte de hacer el amor, la misma que se presentó
el día de nuestra boda en la iglesia, pero eso no me
importa, lo que sí me ha dolido es saber que siguió
con ella después de habernos casado. Eso sí me duele,
¡canalla...Hasta nunca!"*

Doña Petra y don Joselito consiguieron a alguien que
se quedara en la finca cuidándola hasta cuando las cosas
volvieran a la normalidad. Pero Alba, decidida como
estaba a dejar atrás sus desengaños, fue hasta la casa de su
hermana Carmela para pedirle posada durante unos días
mientras conseguía algún trabajo. Así fue como buscando en
Manizales, encontró un empleo como ayudante de cocina en
el restaurante "La Fonda Antioqueña". Tenía que empezar a
madrugar todos los días dejando las niñas con su hermana.
El trabajo era duro, pero más duro era recordar la traición de
Ramón y la manera como había terminado todo.

En la casa donde vivía Carmela había una ventana
grande y al lado una mesa donde su marido ponía uno de sus
sombreros que, visto desde la calle, parecía estar sobre la
cabeza de un hombre. Doña Petra al pasar por allí un día de
tantos, lo vio, y como Alba se encontraba allí en ese cuarto
de espaldas planchando ropa, a doña Petra se le figuró que
estaba acompañada de un nuevo pretendiente ya que había
visto en ese momento al esposo de Carmela en el parque. De
inmediato fue a contárselo a Ramón.

—Las mujeres no se pueden dejar solas, mamá. —Dijo
él con amargura, sin reparar en lo injusto de su opinión
cuando él era en verdad el culpable de todo. Pero lo que
más le embargaba era saber que por un crimen que no había

cometido iba a ser juzgado y condenado a muchos años de cárcel.

Fue entonces la misma Adelina quien, tal vez arrepentida de sus maldades, acudió al juez y declaró bajo juramento que ella había sido la que disparó cuando enterada de que el viejo Pepe iba a enfrentar a Ramón esa tarde, no dudó en tomar su escopeta y esconderse tras unos matorrales mientras ellos discutían. Cuando vio que el viejo Pepe hería a Ramón y amenazaba con cortarle la cabeza, le disparó dos veces desde su escondite. Todos se asombraron cuando ella contó en presencia de las autoridades estos detalles. Y dijo además que se decidía a hablar porque era una mujer enferma terminal, y ya que le quedaba poco tiempo de vida, prefería pasarlo en la cárcel antes que encerraran allí a alguien inocente. No sólo se declaró culpable por la muerte del viejo Pepe sino que también confesó otros crímenes que antes había cometido en su azarosa vida, entre ellos el del joven Pablo, el primer novio de Alba, a quien había matado cuando se dio cuenta de que él la había visto cuando asesinó al alcalde. El asombro fue general, pero comprendieron que Adelina al fin hacía algo bueno por amor. De inmediato fue encarcelada, y sus hijos entregados en custodia a la madre de Adelina. La pena asignada fue de veinticinco años. Ramón quedó libre en el acto pero salió derecho para el hospital a recuperarse no sólo de sus heridas sino de una neumonía que le había atacado en la celda. .

Pasadas unas semanas, aunque todavía con restos de debilidad, no se aguantó más y fue a buscar a Alba en su trabajo del restaurante. Ella en principio lo rechazó y le sacó en cara su traición. Pero lo vio tan flaco, tan escuálido y arrepentido, que a las dos semanas de ruegos, aceptó volver con él. En ella eran más fuertes los sentimientos amorosos que el rencor.

—La finca está en ruinas, el jardín se murió, la huerta también, hay sólo dos gallinas, los gatos están flacos, legañosos y la vaca peor. Los que están cuidando la finca no entregan nada de lo que venden de café. Esto no puede seguir así, recuperemos todo aquello tan hermoso que construimos una vez, perdóname. —Le dijo él, invitándola a que regresaran a vivir en la finca. Alba le preguntó entonces:

—¿Y usted va a ir a visitar en la cárcel a esa señora?

—No, mi amor, cómo se le ocurre. No quiero saber nada más de ella a pesar de que haya salvado mi vida y que me haya librado de una injusta condena. Mi hogar seguirá siendo lo más importante para mí. Quiero que me perdone todo lo que la he hecho sufrir.

A las dos semanas, después de salir Ramón del hospital, volvieron a la finca. Ella trajo a sus niñas y sus cosas de la casa de su hermana Carmela y él volvió a ocuparse de los asuntos de la casa, despidiendo a los que cuidaban y tratando de organizar las cosas como estaban antes. Era un hombre diferente ahora.

Los días de tristeza y dificultad poco a poco fueron pasando. Doña Petra, como para congraciarse con su nuera, a quien había juzgado a la ligera, les regaló los pasajes para que se fueran de nueva luna de miel a Cartagena, mientras ella cuidaba de las niñas. Y en efecto, esos días renovaron en los dos el fuego que parecía haberse extinguido antes. Volvieron muy contentos. Alba estaba otra vez embarazada. El niño fruto de ese reencuentro feliz se llamaría John Jairo. Alba, sin embargo, optó por hacerse operar para no seguir llenándose de muchachitos. Y volvieron las celebraciones con la familia para el bautizo, los cumpleaños de las niñas,

la navidad, los paseos de olla, los festivales de música guasca, las participaciones en el comité de la vereda, las idas a Manizales para las fiestas y todas las pequeñas alegrías de antaño.

Con mucho trabajo la finca se convirtió en una de las más bonitas del contorno. Las muchachas crecieron. Perla y Amanda iban a estudiar todos los días a un buen colegio de Manizales, y llamaban la atención no sólo por la hermosura que tenían sino por los buenos modales que Alba les inculcaba. John Jairo, el niño mimado de la casa, creció a su vez en un ambiente cercano a la naturaleza y con sentimientos de cierta religiosidad. Siempre acostumbraba jugar a ser sacerdote poniéndose la ruana del abuelo Joselito para "decirle misa" hasta a las gallinas y a los marranos que parecían escucharlo muy atentos. Cuando creció, se fue a estudiar al seminario y con el tiempo alcanzaría a realizar sus votos sacerdotales.

Perla se graduó y al poco tiempo se enamoró de un próspero comerciante de artesanías de Santa Rosa de Cabal. Llegó la boda, muy bonita por cierto, otra vez en la catedral y se fueron a vivir a una bella casa de Manizales. Amanda iba terminando también su bachillerato y por esos días se ganó una beca de intercambio estudiantil para ir a estudiar inglés en los Estados Unidos. La alegría fue inmensa. Y, aunque a Alba y a Ramón les daba tristeza ver que ella se alejaría por un tiempo largo, le desearon la mejor de las suertes y fueron a despedirla en el aeropuerto después de hacerle una gran fiesta con todos los familiares y amigos de la vereda.

# 7

# El tiempo y sus vueltas

En medio del jardín que había levantado por segunda vez con tanto esfuerzo, pasado un tiempo, Alba vio aparecer una tarde  entrando por el portalón a un hombre mayor más o menos de sesenta años. El talante de su rostro, las sienes encanecidas pero elegantes, sus músculos ya un tanto flácidos aunque todavía fuertes, y una mirada en parte cansada y melancólica pero noble aún,  eran vestigios de alguien que en su juventud había sido muy atractivo. Tenía una piel blanca y el porte altivo a pesar de la edad. El corazón de Alba presintió entonces de quién se trataba. Las referencias que tenía de su tía Margarita, le hicieron reconocer en el visitante al padre que siempre había añorado desde niña. Al parecer el hombre había estado averiguando desde hacía un tiempo por los alrededores y de alguna manera, había llegado al fin hasta la casa de Alba.

—Llega usted al sitio correcto, bien pueda pase. —Le

dijo Ramón con amabilidad cuando lo vio saludando a Alba algo indeciso y todavía parado en el portalón. —¿En qué podemos servirle.

El hombre carraspeó un poco antes de decirle directamente a Alba mirándola con ternura:

—Soy Angel María Campoalegre, su papá.

Alba se llevó las manos a la boca y quedó como paralizada unos segundos. No lo podía creer del todo. No sabía qué responderle. Sin embargo, al fin le salió, como del fondo de toda la soledad vivida en la dura infancia que pasó:

—¿Y después de cuarenta años cree que lo necesito? ¡Cuántas noches pensando si usted vivía!..., ignorando si le importaba mi existencia, si era verdad lo que me contaban, y aparece ahora así como si nada…Yo no lo necesito a usted para nada y mi mamá mucho menos.

—No vine por su mamá, yo sé que Clarita vive muy bien con su marido. La que me interesa es usted que es mi hija.

—Por favor…Alba, mija, escúchelo primero. —Dijo Ramón al entender la situación que se estaba presentando.

Alba se sentó entonces en un banquito como para reponerse de la sorpresa. Estaba nerviosa pero al fin contenta de ver por fin a su auténtico padre.

—Discúlpeme, es que no es fácil para mí.

—Para mí tampoco lo es. —Dijo Ángel María— No sabía su nombre, me dijeron que su prima se la había llevado; cuando fui donde Margarita, ya no vivía en el mismo lugar;

los pocos amigos que tenía en el pueblo, ya no estaban tampoco.

Después de escucharlo por horas sin interrupción, Alba al fin entendió sus razones y, cerrando los ojos para no dejar ver las lágrimas, se acercó y lo abrazó con fuerza.

—¡Cuánto tiempo esperé este momento!...Tanto que necesité un padre que cuidara de mí, usted no sabe cómo fue mi niñez y parte de mi adolescencia —Le confesó emocionada. Y luego le contó todos los pormenores de su existencia hasta ese momento mientras tomaban con Ramón un buen chocolate con arepas y queso.

Este reencuentro trajo mucha alegría para Alba y sintió que la vida al fin no era tan injusta como parecía a veces. Ramón estaba también bastante conmovido.

La noticia del suceso fue para las muchachas bastante agradable. Y para John Jairo que ya estaba en el seminario. Desde ese día Ángel María fue parte importante de todas las actividades que Alba y Ramón emprendían, visitando amigos y saliendo con él a Manizales y otros lugares. No obstante, tuvo prudencia cuando fue a visitar a su mamá, Clarita, para contarle del regreso de Ángel María. Ella se asustó mucho y le pidió que no fuera a decírselo a Benigno que por esos días andaba ya bastante ciego y tullido por la diabetes. Dijo que ese asunto ahí se quedaba aunque en su corazón no dejó de sentir mucha nostalgia por lo que había vivido con Ángel María.

Alba le dijo a su padre que trajera las cosas que tenía en Santa Marta, donde había vivido esos años últimos, y que se instalara con ellos en la finca. Tenía para él una habitación espaciosa y cómoda donde finalmente Ángel María pasó sus

días, reconciliado con su pasado. Para Alba era un consuelo compartir con él largas conversaciones y recuerdos ahora que los retoños habían crecido y parecían tomar su propio rumbo. Tenía que recuperar el tiempo perdido con su padre y él también lo deseaba. Se dedicó a ayudarles en la finca, y a salir con ellos de vez en cuando al teatro en Manizales, o acompañar a Ramón a pescar y a jugar bingo por las tardes con los vecinos. Se quejaba, eso sí, de algunos dolores fuertes de cabeza que no dejaban de preocupar a Alba. Pero su apariencia seguía siendo saludable. La vida tenía todavía muchas más cosas reservadas en sus vueltas incesantes.

# 8

# Sale la primera caranga

Era lunes en la mañana y comienzos del verano en Nueva York, pero llovía como en Manizales. El pronóstico decía que se esperaba tormenta. Pero para Amanda lo primero era salir puntual desde su residencia y dirigirse en el tren 7 a Saint Peter School. Se puso unos zapatos cerrados y en una bolsa plástica echó los otros para cambiarse al llegar. Así era todo en la Gran Manzana, imprevisible y cambiante. Para ella todo había sido al principio bastante difícil pero fue adaptándose rápido. La muchachita romántica del colegio comenzaba a convertirse en una mujer decidida a salir adelante, a emprender caminos cada vez más desafiantes si era preciso porque ante todo tenía en su corazón sueños por realizar y anhelos de vivir. La lluvia le gustaba, además. Le producía placer en la piel y le evocaba momentos bellos. Cuando llegó a la escuela de inglés, colocó el paraguas a escurrir en el balde destinado para ello y como todos los compañeros se dispuso a esperar la llegada de la nueva

profesora del tercer semestre. El primer año había podido aprovechar muy bien las clases y ya comprendía mejor el idioma básico. En sus salidas con compañeras y amigas por la ciudad se había habituado a escuchar las distintas maneras de hablar el inglés, tanto de los propios newyorkinos como de los diferentes inmigrantes que, como ella, venían a forjarse un destino.

La maestra entró entonces haciendo resonar los tacones y todos dejaron de hacer ruido en el acto mientras se ponían de pie. Era seria pero esbozaba una ligera sonrisa. Lucía un bonito vestido color salmón y un collar artesano de corales en conjunto con dos aretas en forma de palmeras que le daban un aire tropical. Ajustaba el talle con una fina correa que hacía juego con sus sandalias doradas.

—Buenos días, jóvenes, mi nombre es Luz Ayda Osorio, algunos ya me conocen, voy a ser parte del equipo de profesores que tendrán durante el presente semestre. Sé que ya manejan suficientes bases para continuar con el aprendizaje del idioma con mayor exigencia. Así que haremos énfasis en el conocimiento de la gramática y la escritura. Una vez que empecemos cada clase, nadie debe hablar en español. Espero su mejor colaboración. Pueden tomar asiento por favor.

Esta profesora era entonces colombiana como ella. Y eso le encantó. Sabía que iba aprovechar mucho estas clases. Que pronto tendría un conocimiento suficiente del inglés para poder defenderse y seguir estudiando o trabajando en este gran país.

Afuera la tormenta parecía arreciar acompañada de relámpagos, sacudiendo los girasoles que adornaban cerca de las ventanas y creando un aire de misterio al interior

del salón. La profesora Luz Ayda no se inmutó y empezó a llamar a lista mirando detenidamente las caras de cada uno de los alumnos. Los nombres iban pasando de la A a la Z, sin que ninguno le llamara la atención a Amanda. Pero de pronto un nombre la atrapó:

—Camilo Blanes...
—Presente. –Contestó alzando el brazo un joven apuesto que estaba precisamente casi detrás de ella. No pudo evitar mirarlo por unos segundos y sentir cierto azoramiento. Siguió atenta el llamado a lista hasta que llegó su nombre y apellido.

—Amanda Peñaloza...

—Presente. —Dijo ella también alzando el brazo y por el rabillo del ojo vio cuando Camilo Blanes la miraba con curiosidad, escrutándola muy serio con sus ojos diamantinos. Otra vez sintió algo raro, como un escalofrío en la espalda. A lo largo de la clase pudo darse cuenta de que otras compañeras parecían babearse por él y entonces pensó que a lo mejor debía de ser él un pretencioso y un petulante.

Sin embargo, esa primera impresión cambió cuando al volver a mirarlo se encontró con la mirada de él buscando la suya con ansiedad. Se veía muy serio y concentrado. La camisa azul claro y el pantalón ajustado le sentaban muy bien. Amanda recordó entonces que días antes ya lo había visto. Y que alguien le había dicho que era un alumno nuevo recién llegado de un colegio en España.

A mediodía la lluvia cesó y volvía el calor a pesar del aire acondicionado. Todos los estudiantes se abanicaban con los cuadernos más delgados que tenían a mano y al salir a almorzar entre las voces y los pasos apurados, Amanda

siguió mirando a Camilo y él a ella, pero sin atreverse a hablarse todavía.

Pero con los días llegaron también las sonrisas y la cercanía, la dulzura de una amistad que cada día iba haciéndose más profunda. A las pocas semanas era evidente que entre ellos nacía una relación verdadera. Ella conoció de sus gustos por la música y supo que escribía canciones. Además, que cantaba muy bien y que en su porvenir se veían las luces del escenario y los aplausos de la multitud. Se veían en los descansos y compartían momentos muy agradables haciendo juntos los ejercicios de inglés. Las admiradoras tuvieron que aceptar que era ella la elegida. Pasados unos meses, ya hacia finales del otoño, las palabras y los gestos fueron mucho más íntimos. El curso avanzaba rápido y sólo faltaba un semestre más. Un día en la cafetería, a comienzos de noviembre, casi de manera accidental, sus rodillas se rozaron bajo la mesa donde compartían un batido de papaya en agua. Las miradas se cruzaron con cierta complicidad y entonces un corrientazo imparable recorrió el cuerpo de Amanda cuando de repente Camilo la abrazó y comenzó a besarla larga y profundamente. Amanda sólo había tenido, allá en Colombia, un amor platónico con Armando Urdaneta, un compañero de colegio, del cual conservaba un bello recuerdo que incluso la acompañaría siempre. Pero con Camilo, más que el alma, era el cuerpo y todos sus sentidos los que despertaban.

Caminaron fuera de la cafetería buscando apartarse de las miradas indiscretas. Y cuando iban por el pradito bajo los árboles detrás de la biblioteca, volvió a besarla una y otra vez hasta quedar exhaustos. Amanda estaba arrobada, como levitando.

—Tienes que ser mía algún día, me provoca comerte

enterita y de a poquitos, mi nena hermosa —Decía él entre suspiros mientras la acariciaba y le pasaba la lengua por el cuello, como un animal hambriento. Ella sólo podía decir:

—Bésame otra vez, otra vez y otra vez, Camilo...

Había soñado con ese momento. El amor, ese fuego en el cual se había visto arder Clarita y luego Alba, su mamá, ahora la incendiaba a ella sin remedio. Pero ella sólo quería arder, entregarse, abrirse a su calor como una flor desnuda al sol.

Hubiera querido hacer el amor allí mismo, pero aún era vírgen y sabía que vendría un mejor momento.

—¡Hola, muchachos!... ¿Qué hacen? —Dijo de pronto una de las compañeras que venía a buscarlos.

—Nada, aquí conversando un rato y buscando higos... pero están como verdes todavía... —Contestó Camilo mirando hacia la copa del árbol bajo el que se encontraban.

Acordaron desde ese mismo día seguir viéndose en una pequeña taberna española de Queens cuyo nombre le encantó a Amanda: "Anduriña". Era el título de la canción que siempre escuchaba desde que se había venido a Nueva York. Y allí la pedían otra vez y se quedaban buen rato cantándola con los ojos cerrados:

*En Galicia un día yo escuché / una vieja historia en un café. / Era de una niña que del pueblo se escapó. / Anduriña joven que voló...*

Después de la taberna, ya a punto de dejarse vencer por la tentación, Camilo sabía ser prudente y sugería acompañarla

de regreso hasta la calle donde ella vivía, cerca de la avenida Roosevelt. Era un joven bien educado y por algo había sido escogido también para la beca de intercambio. Su padre era un buen electricista allá en Alcoy y la madre, hacendosa ama de casa a quien Camilo adoraba y no dejaba de llamar. Un día, le decía a Amanda, le iba a conocer cuando fueran juntos de paseo a su país.

El semestre terminó con buenas notas y se organizó un paseo a las Cataratas del Niágara. Entre tanto habían pasado juntos también dos fines de semana en Coney Island, donde, echados en la playa contemplando el cielo esmaltado de colores, él le había cantado cosas como:

*No te das cuenta que no estás sola / me tienes contigo, Rosseta. / Ya no eres niña, la gente te adora, / no llores, sonríe, Rosseta.*

Y también algo más atrevido mientras jugueteaba con sus cabellos, como: *Acércate, a beber de mi fuente, / acércate a saciar tu sed / y bésame aunque te cueste, inténtalo...*

El paseo a las cataratas fue todo un sueño. Y fue allí, una tarde, con el gran paisaje de fondo y su magnífico estruendo, donde por primera vez se entregaron abiertamente al goce de sus cuerpos y almas anhelantes...No supo ella cuánto tiempo duró, porque al despertar, aún resonaban las aguas y en su corazón la voz de Camilo, repitiendo, "Te quiero, te quiero, te quiero"..

Para el comienzo del nuevo y último semestre a Camilo le resultó un contrato por cuatro años para ser la primera voz de un grupo en Manhattan llamado *Los Dayson*.

Los ensayos y también las presentaciones comenzaron a

robarle mucho tiempo a los dos. Pero sabían que ese era el futuro y que no podían aplazarlo. Amanda afirmó también su decisión de quedarse definitivamente en los Estados Unidos, ahora más que nunca al lado de Camilo, y teniendo un trabajo que, aunque sencillo, en un restaurante de Queens, le daba para vestirse y pagar la renta sin mayores preocupaciones, aparte que Alba y Ramón le giraban otra cantidad para su manutención. Camilo le aconsejó llamarlos para decirles que se quedaba viviendo con él en Nueva York definitivamente. Y así lo hizo Amanda. Las recomendaciones de su mamá y de Ramón fueron sólo para que no dejara de estudiar y seguir adelante con su vida. Pasadas las últimas nevadas ya estaban los dos compartiendo el pequeño apartamento que ella rentaba, con la idea de hacerse pronto a otro más amplio y central.

Amanda se sentía feliz con su nueva vida. Podía acompañar a Camilo en sus presentaciones en distintos lugares culturales como Barco de papel y otros sitios donde cantaba con el grupo. Pero también disfrutaban a veces ir a bailar a algún sitio hispano con música guapachosa que le recordaba su país, o escuchar lo que salía de algunas tabernas con música romántica e incluso música vieja que sólo parecía hecha para el despecho de los borrachitos doblados sobre la mesa junto a doce botellas vacías. Ella era una mezcla de gustos tradicionales y modernos a la vez cosa que se complementaba perfectamente con los gustos algo más refinados de Camilo.

Terminaron el último semestre con éxito y la vida continuó fluyendo como un sueño cotidiano en ese amor sin barreras que estaban viviendo. No obstante, el ritmo de la ciudad y los gastos que iban teniendo hizo que Amanda tomara poco a poco conciencia de que en Estados Unidos los dólares no se recogían del piso como las hojas del otoño como pensaba

145

la gente en Colombia. Había que ganárselos trabajando con mucho esfuerzo cada día. En sus cartas le contaba a su mamá todas sus cosas, buenas y malas. Le gustaba mantener esa comunicación epistolar, inclusive con su hermana Perla y algunas de sus amigas de Colombia.

—Ramón, cariño, la niña nos escribió —Decía Alba abriendo el sobre muy contenta y desplegando la carta:

*New York, abril 5 de 1990*

*Queridos padres, los extraño mucho. Esta ciudad es maravillosa, pero a pesar de su ayuda y el trabajo que tengo más el de Camilo, cada vez son más las cosas que van exigiendo atención. Pero no se preocupen que todo se va solucionando y pronto tendremos un mejor lugar para vivir inclusive, con la idea de que puedan venir también ustedes a vivir por aquí con nosotros.*

*Estoy a punto de cambiar a un empleo mejor como "Costumer service" una agencia de viajes, donde trabajaré dando información a los clientes. Las comodidades por acá son muy buenas: agua caliente, calefacción en invierno y aire acondicionado en verano, no sufrimos por el transporte, el peatón es más respetado y no hay que correr para cruzar la calle, ni atracan tanto como en otros lugares. El único problema es que extraño mucho el país. Cada quince días, esperen mi llamada en la fonda donde mercan, y díganle a mis amistades que los quiero mucho y algún día volveré. Por medio de fotos que les envío pueden tener una imagen de cómo es esta ciudad. Una buena noticia es que en dos años que llevo, ya tengo mis documentos en regla y me defiendo muy bien con el inglés gracias al curso que hice con tanto provecho. Yo sé que ustedes también me extrañan mucho.*

*Respecto a lo del viaje, si se deciden, sería factible la idea de dejar la finca con alguien de confianza. Podrían traerse hasta al abuelo Ángel María para que se dé el paseo por esta metrópoli. Ahora estamos en primavera, y si hacen las diligencias pronto, podrían venir para el verano. Espero entonces buenas noticias.*

*Los amo, su hija: Amanda.*

# 9

# Del campo a la ciudad

Llegaron entonces en la primera semana de agosto cuando el sol picaba la piel y la gente quería salir casi desnuda a la calle para refrescar la alta temperatura. Amanda y Camilo fueron a recibirlos al aeropuerto La Guardia.

— ¡*Welcome to New York!* —Les dijo el carga maletas que en busca de una buena propina les ayudó a subir todas las maletas a la cajuela del taxi. Ramón y Alba miraban como asustados para todos los lados. Realmente todo se veía como en las fotos y hasta más bonito, pensaron.

La cama que les tenía Amanda era por el momento un colchón inflable, y aunque amanecieron con dolor de espalda ya que no estaban acostumbrados, se sintieron muy felices de haber venido por fin a conocer esa enorme ciudad. El poder ver a su hija después de dos años y medio largos le compensaba todas las incomodidades.

149

Salieron al día siguiente después de un copioso desayuno a conocer algunos sectores de la Gran Manzana con un mapa en mano que Amanda les iba explicando para que cuando tuvieran que salir solos pudieran al menos orientarse un poco. También les dio un teléfono celular que para entonces era una novedad tecnológica, a fin de poder llamarlos y ayudarlos en caso de alguna emergencia. Les compró tarjetas para subir a los trenes todo el mes y luego los volvió a llevar hasta el nuevo apartamento donde vivían ya que ella tenía que ir a su trabajo. Hubieran querido seguir paseando con su hija ese día, pero ya vendrían más oportunidades.

Estuvieron saliendo casi todos los días con Amanda y Camilo hasta que aprendieron a hacerlo ellos solos, yendo al parque de Flushing en tren, donde se deleitaban mirando los árboles empezando a amarillear por la cercanía del otoño. También iban a algunos restaurantes colombianos por la Roosevelt porque a veces se cansaban de comer tanta ensalada y jugos verdes de los que hacía su hija. Criticaban entre ellos un poco la vida un tanto aburrida que para ellos llevaba Amanda y comenzaban a añorar su finquita.

Alba y Ramón se sentían sin embargo algo extraños allí. Veían que a pesar de la dicha que vivía su hija, las cosas no eran tan perfectas. Camilo les pareció amable pero un poco hippie. Y el hecho de que los hubiera dejado solos en la tarde para ir a trabajar no les pareció muy cortés de parte de Amanda.

Les tocó seguir saliendo solos aunque ya más contentos porque iban conociendo mejor algunas calles y rutas. Sin embargo terminaban extraviándose no pocas veces y tenían que preguntar en español a algunas personas que por fortuna hablaban en su lengua por allí. Camilo y Amanda todavía

seguían trabajando mucho pero ganaban poco, por lo cual habían arrendado un "basemant" que aunque amplio y ya muy cómodo era algo oscuro. A Ramón y Alba esto no les gustaba mucho y comentaban entre ellos que "eso olía como a rincón viejo" y, además, se incomodaban cuando Amanda no les dejaba prender velas perfumadas para no disparar la alarma del detector de humo. La ausencia de muebles, les parecía rara, sin poder acostumbrarse a sentarse en "esas bolsas llenas de icopor" que ella llamaba "puffs" y de las que apenas sí se podían parar con mucho esfuerzo. Hasta llegaron a pensar que no era tan bueno que vivían ellos. "Pobrecita mi hija, ella que estaba acostumbrada a vivir tan bien", pensaba Alba. La vajilla de plástico que por economía había comprado Alba en la tienda de 99 c., les parecía el colmo de la pobreza. Además no compraba panela, como a ellos les gustaba, ni hacía sancochos. A veces no quedaban saciados con los sánduches dietéticos que Amanda les dejaba, y cuando abrían la nevera, se desilusionaban de ver sólo "ese rastrojo, quesos simples y huevos descoloridos". Al mirar el gato que Amanda tenía, les parecía raro que esa pobre criatura hiciera sus necesidades fisiológicas en una simple cajita de arena cuando ellos sabían que lo apropiado era tenerle un patio o un solar donde pudiera vivir con libertad. Sólo con el tiempo fueron olvidando las incomodidades y tomándole gusto a la nueva vida que por lo pronto iban teniendo. Quedarse a vivir más tiempo en los Estados Unidos fue entonces un propósito. Un día fue Camilo quien sugirió que en uno de los restaurantes donde a veces cantaba necesitaban una señora que supiera cocinar para ayudar allí, y encantada, Alba aceptó. Le gustó mucho volver a trabajar y ser productiva. Esos dólares ganados le animaron mucho. A Ramón era mejor dejarlo viendo televisión en la casa dedicado otra vez a escribir sus cosas o a salir por los alrededores a tomarse un café en las tardes. "Montañero

no pega en pueblo", decía a veces pero sin decidirse a regresar a Colombia. Eso sí, llamaba mucho a la finca para ver cómo marchaban las cosas y verificaba en la cuenta del banco lo que le consignaban el administrador. Todo iba bien pero Ángel María seguía quejándose del dolor de cabeza. Como a los tres meses decidieron alquilar ellos su propio apartamento no muy lejos en el mismo Queens a fin de dejar más tranquilos a Amanda y Ramón. Entretanto Alba recibía cartas desde Colombia muy bonitas de su hija Perla y hasta de John Jairo, que además de estar en el seminario escribía unos poemas muy bonitos, como el siguiente dedicado a ella que le envió en una de esas misivas:

### De las rosas de mi rosal

*Tú eres la más hermosa,*
*mi linda rosa perfumada.*

*Eres mi cielo, eres mi amor*
*eres la rosa de mis dulces sueños*
*eres mi madre, eres*
*toda una adoración.*

*Sin tu cariño, sin tu calor*
*mi pobre vida no tiene alegría.*
*Sin tu presencia, sin tu voz*
*mi casa se siente vacía.*
*Extraño tu canto,*
*extraño tu abrazo,*
*cuando en las mañanas*
*salía apurado...*

*y tú desde la ventana*
*extendías tu mano:*
*"Dios te bendiga hijo*
*y nos vemos al rato".*

*Solo una planta aún queda*
*en el jardín,*
*aquella que tu sembraste*
*y no dejaste morir.*

*Solo me queda el recuerdo*
*de todas las rosas,*
*y todas las flores*
*que siempre adornaron*
*todos tus días, y aún hasta las noches.*

*Porque de las rosas de mi rosal*
*se forma tu nombre,*
*Rosa que abre sus pétalos con el alba,*
*como los más dulces pensamientos*
*de mi madre.*

La nueva vida y el contacto con personas diferentes fueron despertando en ella nuevos sentimientos y dando paso también a una sensibilidad, un gusto por las cosas buenas que antes en su juventud, allá en el campo, no había podido desarrollar. Ver y sentir una vida tan llena de comodidades como la que ahora tenía iban afinando en ella modales y hasta maneras de decir las cosas que ni ella misma notaba.

Así fue como para las vacaciones de julio, casi al año de haber llegado a Nueva York, quiso ir a visitar Colombia en compañía de Amanda que para entonces, también estaba necesitando un descanso. Al llegar a Manizales Alba

sintió el cambio. Vio todo más pequeño y ordinario que de costumbre. La sencillez y la calma de la vida le parecían ya raras después de tanto ajetreo y tanta cosa vista. Hasta la gente, y sobre todo el modo de hablar, le empezaban a sonar bastante graciosos. Amanda no se quedaba atrás en esta manera de ver ya que llevaba más tiempo afuera y era más joven, además.

Perla se alegró mucho de ver a Alba y a su hermana. Tenía ya a su primer hijo y vivía ciertamente muy bien. Le pidió a su mamá que no se regresara a Estados Unidos porque le hacía mucha falta. Amanda no dijo nada y dejó que fuera su mamá la que decidiera si quedarse o no. Pero Alba decidió que regresaría a Nueva York y hasta quería llevarse a Angel María, su papá, a vivir con ellos. Pero  lo vio un poco enfermo y decaído y por esos días no le quiso decir nada al respecto dedicándose a salir de nuevo con él por los alrededores en compañía de su hija Amanda. El día que fue con Amanda a visitar a Clarita y a Benigno, que seguía cada vez más enfermo y ya postrado por la diabetes, todos les decían que se veían más blancas, que la piel se les notaba muy despercudida y  bonita. Y era verdad, porque en la finca con esos solazos no había nadie que no se viera moreno y tostado por la intemperie del campo. A pesar de que Alba y Amanda habían extrañado más de una vez el acento, las costumbres y las comidas de su tierra, comenzaron a mostrarse, tal vez sin pretenderlo, un poco más exigentes con todo. Así era la vida. Al principio su hija Perla, John Jairo que vino por esos días con permiso del seminario, Clarita, Benigno, Carmela, Dalila y los otros muchachos no les decían nada por respeto, pero entre ellos comentaban el cambio de ellas...

Alba regresó a Nueva York con Amanda al cabo de esas primeras vacaciones muy contenta, pero dispuesta incluso a tomar clases de inglés y seguir adaptándose a la vida de la

gran ciudad. Pensaba que tal vez con el tiempo regresaría a su tierra con Ramón sólo para morir allí.

Fueron cinco años de mucha vida y ajetreos en la Gran Manzana. Alba comenzó a hablar en inglés y siguió refinando sus modales. Lo mismo Ramón que con los años hasta siguió trabajando en su propio puesto de verduras y frutas donde tenía incluso ayudantes. Amanda tuvo una hija y mantenía con Camilo el amor intacto y cada vez más firme. Todo apuntaba a ser mejor cada día.

Tuvieron que volver a Manizales cuando se enteraron de lo enfermo que andaba Ángel María y de que Benigno había fallecido hacía poco, porque Clarita estaba muy triste, además. Esta vez las acompañó Ramón que sentía nostalgia de volver a su bella finca y Amanda llevó a su pequeña de dos años consigo para que conociera por fin la tierra colombiana. Camilo aprovechó para hacer una visita larga a sus padres en España y cerrar en Madrid algunos contratos con su disquera. La sensación de extrañeza para Alba y Amanda era mayor ahora. Todo les parecía otra vez demasiado pequeño, ordinario y hasta de mal gusto después de años en contacto con la vida moderna y la cultura estadounidense. Incluso desde que se bajaron en el aeropuerto se sintieron atacadas por vendedores de chicles, loteros, artesanos ofreciendo bolsos wayuu y toda clase de collares y otras chucherías. Les sudaba el cuerpo, les dolían los juanetes y caminaban muy incómodas entre la gente maleta en mano con Ramón que apenas podía seguirlas para tomar el taxi.

Alba y Ramón volvieron a estar juntos en su linda Aguaclara que tantos recuerdos les traía. Todo estaba más bonito a pesar de la ausencia. Jeremías el administrador había sido muy responsable y cuidaba todos los detalles como si fuera el dueño. Fueron a visitar a doña Petra y Joselito, que

155

aunque enfermos los dos, se alegraron muchísimo de verlos y abrazarlos. Amanda se quedó en casa de Perla y aprovechó para ir a saludar a algunas amigas del colegio que todavía vivían por allí. Fueron luego a pasar el fin de semana en la finca de Clarita donde se instalaron lo mejor que pudieron porque con la muerte de Benigno y las preocupaciones las cosas no andaban muy organizadas. John Jairo se había ordenado sacerdote hacía dos años y acudió también hasta la finca para compartir ese fin de semana, lo mismo Carmela con su marido y la niña que habían tenido. Dalila seguía soltera y lo mismo de amargada. Los demás chicos ya estaban más grandes y ayudaban en las labores de la finca como siempre mientras continuaban estudiando.

Después de dormir una primera noche en el cuarto que tantos recuerdos le traía, Alba le comentó a Amanda y hasta al mismo Ramón que había pasado "Una noche de perros", que "esas camas eran durísimas y llenas de tulundrones". Amanda también había sentido lo mismo con su niña, y era increíble para ella, acostumbrada ya a las sábanas de seda y las suaves cobijas de algodón, que le hubieran dado esas "malolientes colchas de retazos" que no hacían sino picar por todo el cuerpo. Y para colmo, decían entre sí, las toallas del baño eran bastante "carrasposas", que "Se veía que no les echaban suavizador" Definitivamente todo se había vuelto más feo y desagradable para ellas.

—¿Pudieron dormir bien?     —Les preguntaron precisamente Clarita y Dalila por la mañana.

—A medias mi querida —Dijeron ellas. —Amanecímos picadas de pulgas…¿Es que no llevan al perro a que le hagan tratamiento de champú anti-parásitos?

John Jairo con su sotana negra se veía muy bien. Y

feliz. En el desayuno estuvo contando todo lo que estaba viviendo en su parroquia de Ulloa, un bello pueblo de El Valle adonde había sido enviado. La gente lo quería mucho, especialmente los jóvenes, decía, porque con ellos compartía muchas actividades artísticas y deportivas. Alba se sentía muy orgullosa de él que aprovechó de nuevo para recitarle algunos poemas.

A la hora del almuerzo todos volvieron a reunirse. Cuando Clarita y Dalila sirvieron con mucho cariño el abundante sancocho de res con carne gorda y aguacate que desde temprano habían montado en el fogón sin dejar que nadie más les ayudara, Alba y Amanda se miraron asustadas. Fue Alba la que entonces exclamó:

—¡Y qué es todo ese grasero, por Dios! ...

—...Ah, pero así no es como les gustaba a ustedes... —Dijo Dalila deteniéndose.

—Ya no, mis queridas. Nos gusta todo ahora muy distinto, al estilo americano y más saludable. —Aclaró con un tono algo rebuscado Amanda, respaldando a su mamá. Ramón, Perla, Carmela, John Jairo y hasta los niños se quedaron callados temiendo lo peor...Y fue la misma Dalila la que, todavía con el cucharón en la mano, y como torciendo los labios, contestó:
—¡Eh, definitivamente veo que ustedes si se volvieron unas carangas resucitadas! ...

Alba y Amanda se levantaron y prefirieron no almorzar. Lo mismo hizo Ramón. Los demás se quedaron en la mesa tratando de aparentar normalidad, pero conteniendo la risa. Lo que les había dicho Dalila a Alba y Amanda quedó resonando, incluso en los oídos de Ramón que trataba de

acordarse de otros tiempos...

En la noche volvieron a la mesa y ya más calmadas trataron de comer algo. Pero insistieron en que era verdad lo de comer sano. Que tanto chicharrón, tanta sal, tanta manteca, tanta carne roja no podían ser buenas para la salud. Que miraran cómo había terminado Benigno. Pero Dalila no quiso disculparse ante nadie. Por dentro seguía repitiéndose: "No son sino unas carangas resucitadas, unas carangas, unas carangas"...

Al día siguiente, como para confirmar lo desagradable y revolverles el estómago, Alba y Amanda encontraron en la cocina a Dalila machacando unas tajadas de plátano sobre una toalla medio curtida de mugre, rociándola luego con tremenda cucharada de sal. Los trapos cocineros parecían ser calzoncillos viejos sabría Dios de quién.

Como en otros tiempos, Alba y Ramón, esa semana fueron a misa en Manizales. A la salida entraron al restaurante donde se habían conocido la primera vez. Después caminaron recordando las calles por donde habían caminado en esos años. Les seguía gustando ver los viejos balcones llenos de veraneras, melenas y flores en variedad. Admiraban los entejados rojizos, los zaguanes y las grandes puertas en madera con aldabones de hierro. Alba se sorprendió de ver todavía casi a las mismas viejas rezanderas de otra epoca todavía caminando por las aceras, con la peineta en el cabello y mirando curiosas para enterarse de los chismes. Hasta los perros callejeros parecían los mismos de siempre merodeando frente a las carnicerías, todos pulgosos y flacuchentos.

Hicieron algunas visitas más a Carmela y a Perla con quienes a veces iban al centro para ver vitrinas. Una tarde,

acompañadas por Ramón y Ángel María, entraron a un centro comercial. Alba le dijo entonces a su papá:

—Venga le compro unos zapatos decentes, porque usted todavía andando con esas botas de cauchosol no hace sino criar mal olor en los pies. Hasta se le siente a veces....

—¡Ay, diga pecueca y ya! Diga las cosas como nosotros y no más...—Gruñó Carmela.

—Perdone mija, es que yo no soy tan elegante como se han vuelto ustedes. —Dijo con cierta tristeza Ángel María.

—Hole Carmela, le voy a tener que regalar esas blusas que compré la semana pasada allá en la galería. No tienen sino una puesta pero es que me dan mucho sudor y hasta me están dando alergia...No sé ni de qué tela serán.

—O sea, que le dio chucha y carranchil...—Volvió a refunfuñar Carmela. —Ahora sí veo que Dalila tenía hasta razón. A ustedes nada les gusta, todo les parece horrible, se olvidaron de que aquí salieron tan montañeros como nosotros.

Y era que para Alba y Amanda se les hacía muy difícil comprender por ejemplo que en las casas últimamente no vaciaran los sanitarios dizque para ahorrar agua porque así lo había enseñado un tal Mockus. Eso no les gustaba para nada. Tampoco que en los restaurantes no usaran el gorro y los guantes en la cocina tal como se usaba en Estados Unidos. Y para colmo, les sacaba mucha rabia ver el desorden de los carros y cómo esos conductores maleducados le echaban encima el vehículo a los peatones sin respetar ni las señales. Además, cuando supieron que ya estaban preparando los alumbrados de navidad, dijeron que no entendían el gusto

tan ordinario de la gente con toda esa revoltura de bombillos de todos los colores y ese desperdicio de energía. Y no les gustaba la aguadepanela, esa agua sucia y dulzona de los pobres, cuando lo saludable era tomar jugos naturales sin azúcar o agua pura, ojalá mineral, media hora antes o después de las comidas. Ah y les daba mucho fastidio ver a muchos jóvenes y gente mayor, hombres y mujeres, que no se afeitaban las piernas ni las axilas. Claro que Alba no quería acordarse de que hasta antes de irse al extranjero ella tampoco se rasuraba.

—La próxima vez mejor nos quedamos en un hotel, y listo. —Dijo Amanda. —Porque parece que ya les incomoda nuestra visita.

Viajaron a Bogotá para hacer el trámite de los papeles de Ángel María a ver si podían llevárselo a vivir con ellas. Aprovecharon para visitar algunos lugares bellos que el viejo nunca había visto antes. Gozó mucho mirando edificios altos y sobre todo, con la subida en teleférico al cerro Monserrate. Le dieron la visa a los cuatro días y regresaron a Manizales muy contentos aunque Ángel María empezó a sentir otra vez esos dolores de cabeza.

De regreso a la finca se le notaba pálido y sudoroso. El malestar continuó aumentando. Preocupada Alba fue a la cocina para prepararle agua aromática. Cuando volvió, lo encontró respirando mal y con la cara roja y el ojo izquierdo enrojecido. Apenas podía hablar con la lengua como pesada. Fue a llamar a Ramón que estaba desempacando el equipaje en la otra pieza. Pero cuando fueron a mirar Ángel María apenas alcanzó a medio decir:

—Mija, perdóneme...por haberla dejado...sola todo el tiempo y no haber...podido ...

—¡Papá, papá! ...no diga eso. Descanse un poco...

—Ay mija, este dolor de cabeza me está haciendo ver ... oscuro.

Fue rápido. Mientras ella trataba de auxiliarlo él se aferró a sus brazos y de pronto se quedó inmóvil, los ojos azules fijos en ella. Tal como había aparecido un día en su vida, ahora se iba otra vez, para siempre.

Después del funeral, prepararon el viaje de vuelta a Nueva York. Alba le propuso a Clarita que se fuera con ella, que aún podían sacar la visa. Pero Clarita respondió que todo lo que deseaba era terminar sus años en la misma tierra que la había visto nacer. Que era feliz allí. Ramón tampoco quería volver a irse. Volvió a tomarle gusto a la finca y decidió que seguiría en ella hasta que le dieran las fuerzas...Alba partió entonces a los pocos días con su hija y la niña con mucha tristeza en el alma. Aún no quería renunciar a la ilusión de vivir otra cultura, otra vida, otros sueños.

# 10

# Ayer ya es historia

Pero tres años más tarde, a pesar de que Alba se encontraba muy bien instalada cerca de su hija, a punto de completar su pensión y cuando ya era ciudadana americana, algo en el fondo del corazón comenzó a perturbarla. Cierta melancolía, una nostalgia que hasta entonces no había notado fue creciendo en silencio hasta casi ahogarla. Decidió entonces hacer otro viaje a Colombia, con el pretexto de ver cómo andaba Ramón, su hija Perla y John Jairo. Quería recuperar algo muy importante que se le estaba yendo...

Cuando llegó supo que Ramón estaba viviendo en casa de Perla. Tuvo que ir a buscarlo a cierto café que frecuentaba todos los días. Lo encontró sentado junto a una mesita como sumido en una profunda tristeza. Al verla se levantó como sorprendido, y entonces se abrazaron. El dueño del negocio dijo:

—Pensamos que no tenía a nadie. Todos los días viene a la misma hora y se queda ahí con un café negro, con las manos debajo de la ruana, sin hablar con nadie, como meditando.

Perla le contó entonces cuando regresaron a la casa, que Ramón había vendido la finca y que haciendo malos negocios se había gastado la plata. Que ahora andaba por ahí como deprimido. Que seguro no se había sentido capaz de contarle a Alba lo sucedido. Alba, sin embargo, no le dijo nada. Lo más importante para ella era recuperar el amor de él. Restablecer los lazos que un día habían atado sus corazones. Se propuso sacarlo de ese ensimismamiento y lo invitó a ir, primero a la finca de Clarita que se alegró mucho de tenerlos por unas dos semanas allí atendiéndolos con lo mejor que tenía. Dalila seguía solterona pero ya no echaba puyas ni decía aquellas palabras imprudentes. Después se fueron a visitar a John Jairo en Ulloa donde estuvieron también varios días. De allí partieron de viaje para Cartagena. Alba quería evocar los bellos días que había vivido con Ramón en aquella hermosa ciudad.

Entonces Alba comenzó a entender que esta vez algo había ocurrido en su interior. La vida que había tratado de hacer más allá de las fronteras había terminado recien. Ahora le correspondía reencontrarse con lo que de verdad nunca debió haber dejado. Esa tarde, sentada con Ramón frente al mar, mientras el sol se deshacía como una gran yema roja sobre el horizonte, decidió que se quedaría a vivir lo que le restaba de existencia junto a Ramón, junto a Clarita su madre, y cerca de Perla y de John Jairo ya que su hija Amanda seguía viviendo feliz con Camilo en Nueva York y podía seguir comunicándose con ella muy fácil, incluso por internet. Sólo quedaba reconciliarse con las cosas que

había dejado atrás y recuperar el valor del presente, de lo que en realidad seguía siendo y que por unos años creyó borrar tan fácilmente de su alma. Se sentía agradecida de haber conocido otra cultura, otro idioma, otras costumbres, otros paisajes y ciudades, pero ahora sentía que el círculo tenía que cerrar en el punto donde había comenzado. Comprendió que por más comodidades que se tuvieran en otros lugares, siempre se termina extrañando el origen

Ahora de nada serviría reclamarle las andanzas a Ramón, porque su mente ya no alcanzaba a pensar con claridad. Acarició su cabello escaso y canoso y se recostó en su hombro mientras él parecía seguir con la mirada el vuelo rasante de las gaviotas antes que el sol terminara de sumergirse. Qué distintas estas gaviotas de las que viera en un verano allá en Atlantic City, una de las varias ciudades que conoció, tan bullosas y hasta ladronas. Esta vez todo eso comenzaba a ser historia. Quería dejarse arrastrar, como Ramón, por esa dulce fatiga, esa rara ensoñación en la que todo lo vivido se hacía muy liviano, como una nube, como los sueños que siempre flotaron en su cabeza cuando era una jovencita.

En ese momento le pareció que la vida entera podía empezar a desvanecerse con las sombras de la noche que ya se anunciaban. Y sin embargo, imágenes del pasado cobraron de repente un brillo extraordinario: volvió a evocar y a querer sentir de nuevo la lluvia cayendo sobre los cafetales en compañía de sus hermanas; las radionovelas escuchadas en el pequeño transistor de pilas; el aroma de los rastrojos, los cadillos y el amorseco pegados a los pantalones y las faldas cuando volvían a la finca; el tintineo del machete rozando la maleza entre las trochas; la horqueta para atrapar culebras; el vuelo del gavilán cayendo veloz sobre los pollos y las gallinas; el agua fresca de la cañada acariciando su cuerpo

de diez y ocho años; los ladridos de Guardián acezando detrás después de las largas caminadas; los arañazos del gato contra el horcón de guadua en el patio por las noches; las escapadas nocturnas con Carmela para ir a bailar con Ramón; las navidades, los villancicos, la pólvora, la natilla, los buñuelos...Todos esos tesoros de la memoria brillaban como nunca en su interior...

Ramón seguía muy callado, pero Alba sabía que ese silencio era la mejor manera de estar juntos después de tantas cosas dichas y vividas. Apretó en las suyas las manos de él, un poco desmadejadas y frías. Todo estaba bien así. El círculo se completaba. Aunque aún quedaban, de seguro, más años, más risas, más alegrías por compartir.

De pronto, como un niño que aún no despierta de sus fantasías, Ramón exclamó:

—Hole, Alba y verdad, qué son Carangas resucitadas...—

## Biografía:

Blanca Irene Arbeláez - Colombiana. Ha publicado los libros: *El primer amor nunca se olvida* (2010); *Cómo debemos morir* (2011) y *Te espero en el cielo – Trisagium Mortis* (2012). *Carangas resucitadas* es su libro más reciente. Tiene en preparación un libro de cuentos próximo a editar. Se encuentra radicada en New Jersey y trabaja como asistente de enfermería en New York.

*A mi querida hija y mis nietos*

*La vejez tiene dos ventajas: dejan de
dolerte las muelas y se dejan de escuchar
las tonterías que se dicen alrededor.*

*George Bernard Shaw
(escritor Irlandés, premio nobel 1925)*